LES

# CONTES DE L'ÉPÉE

3e SÉRIE IN-4o

Bjarn repoussa son siège d'un coup de pied et tira sa hache de sa ceinture.

HENRY DE BRISAY

LES

# CONTES DE L'ÉPÉE



ILLUSTRATIONS

DE GUILLONNET, ZIER, LIONEL ROYER, MANTELET ET GIRAUDAT



TOURS

ALFRED MAME ET FILS, ÉDITEURS

M DCCC XCVII

« O ma bonne Durandal, comme tu es claire et blanche !
Comme tu luis et flamboies au soleil !
Je m'en souviens : Charles était aux vallons de Maurienne,
Quand Dieu, du haut du ciel, lui manda par son ange
De te donner à un vaillant capitaine.
C'est alors que le grand, le noble roi la ceignit à mon côté...
Avec elle je lui conquis l'Anjou et la Bretagne ;
Je lui conquis le Poitou et le Maine ;
Je lui conquis la libre Normandie ;
Je lui conquis Provence et Aquitaine,
La Lombardie et toute la Romagne ;
Je lui conquis la Bavière et les Flandres...
. . . . . . . . . . . . . . . .
En ai-je assez conquis de pays et de terres,
Que tient Charles à la barbe chenue !
Et maintenant j'ai grande douleur à cause de cette épée :
Plutôt mourir que de la laisser aux païens !
Que Dieu n'inflige point cette honte à la France ! »

*Chanson de Roland*, CCII.

LES

# CONTES DE L'ÉPÉE

## CHANSONS

*A Georges d'Esparbès.*

Une barque qui vient du large dans le jour bas.

Il est huit heures du soir; depuis le matin il fait lourd, et l'orage masse là-haut ses bataillons cuivrés, attendant la nuit pour commencer la canonnade.

Dans l'embarcation qui suit les houles huileuses d'un lent mouvement lassé, trois hommes : un mousse, à l'avant, roulé comme un chat, regardant la mer; à la barre, un matelot, vieil homme rôti, lavé par tous les soleils et toutes les averses; au pied du mât, un passager vêtu d'un élégant habit en drap tabac d'Espagne; une petite figure fanée d'enfant; deux yeux gris rieurs et charmants éclairés de gaieté.

Quand on eut dépassé la pointe de Port-Navalo, la voile refusa tout à coup.

« Allons-nous rester ici toute la nuit, monsieur mon ami? demanda le voyageur.

— Espérez un peu, grogna le vieux coureur de flots, on va tirer des bords. »

Puis s'adressant au mousse :

« Pare à virer ! »

L'enfant s'empressa, larguant, puis fixant les écoutes du foc.

« Gare au gui ! » dit encore l'homme de barre.

Le passager, qui paraissait un assez triste marin, ne comprit pas du tout, et le bout de bois vint le frapper assez rudement à la tête : le chapeau tomba au fond du bateau.

« Ventre de rose ! dit-il joyeusement en ramassant son tricorne, il fallait me dire qu'on saluait, je suis fort civil. »

Et il entonna d'une étrange voix frêle :

> Ah ! si jamais je cours les mers,
> Si jamais je quitte la plage,
> Si j'abandonne le rivage,
> Que j'éprouve cent maux divers !

Le mousse, qui s'était retourné, se mit à rire, amusé.

Le matelot releva un peu les yeux, mais ne dit rien.

Pendant ce temps, la voile avait pris de l'air, la barque pencha à gauche, et l'on fit de la route.

C'était la nuit quand on aborda. Déjà des éclairs sournois crevaient brusquement les nuages. Malgré l'aide du matelot, le débarquement fut difficile : le passager glissa sur des varechs, tomba dans un clairet et se releva en riant aux éclats.

Puis, le mousse gardant le canot, les deux hommes, après avoir grimpé quelques instants, s'engagèrent sous une sombre voûte de feuillages noirs.

« Oh ! oh ! monsieur mon ami, le décor manque de chandelles ; prêtez-moi le poing, je vous prie. »

Le vieux lui prit la main et le guida.

Et dans la solennité du silence, la même voix menue s'éleva :

Je me suis égaré sans doute.
Quelle nuit! quelle obscurité!
Personne en ce bois écarté
Ne peut m'enseigner une route;
Quelle nuit! quelle obscurité!

« Vous allez nous faire casser la tête avec vos chansons, dit rudement le vieux; il ne manque pas de rôdeurs par ici, et un coup de mousquet est vite jeté.

— Ah! ces messieurs n'aiment pas la musique? Peste du mauvais goût!... c'est du Philidor que je vous chante, monsieur le marin. »

Enfin une lueur, et, au bout de quelques pas, une haute maison qu'un éclair, un instant, laissa voir.

La porte poussée, les arrivants se trouvaient dans une vieille cuisine, mal éclairée de résines. Un homme était là, vêtu comme un paysan, mais chaussé de bottes au lieu de sabots.

Il dit au voyageur :

« Monsieur de Préfleury?

— Lui-même, cher monsieur, en personne, parti de Londres avec les dépêches depuis huit jours.

— Le général n'est pas ici, mais il sait votre venue. Il a été forcé de s'absenter ce soir; vous le verrez demain. Pour l'instant je vais vous indiquer la chambre que je vous ai fait préparer, et où vous trouverez un en-cas dont vous devez avoir grand besoin.

— On n'est pas plus galant, et l'en-cas est le bienvenu, car je vous confesserai que je meurs de faim. Maintenant oserai-je vous demander à qui j'ai l'honneur de parler?

— Comte de Kerhern. »

M. de Préfleury s'inclina :

« Je suis bien votre serviteur, monsieur le comte.

— C'est moi qui suis le vôtre, monsieur le marquis. »

Les deux hommes, Kerhern précédant Préfleury, sortirent de la cuisine, montèrent un large escalier de pierre, et, une porte ouverte, furent dans une vaste chambre où Kerhern, après avoir allumé des bougies, — luxe rare, — s'inclina pour prendre congé.

« Vous ne me ferez pas l'honneur de votre compagnie? dit le marquis en désignant la table, où un pâté et deux flacons ventrus montraient leurs engageantes silhouettes.

— Je vous rends grâce de votre courtoisie, monsieur le marquis; mais je suis seul à commander ici, et il faut que je veille.

— Toutes mes excuses! j'oublie toujours qu'on se bat en Bretagne.

— Encore mes regrets, et bonne nuit.

— Je vous la souhaite pareillement. »

Les deux hommes se touchèrent la main, et Kerhern sortit.

Le marquis jeta son manteau sur le lit et s'attabla avec un visible plaisir.

En dépliant sa serviette, le marquis chantonnait entre ses dents :

Aspect admirable!
Fumet délectable!
Devant une table
Qu'il fait bon s'asseoir!

Il fit brèche au pâté et croqua.

« Du perdreau! du vrai perdreau! » fit-il avec une admiration comique.

Une bouteille débouchée, il flaira, l'œil heureux, versa et but.

« Bonté divine! voilà un volnay royal! Vive la France! Oh! ma belle patrie, tu es unique au monde! »

Cet hommage rendu au sol gaulois, le marquis se restaura consciencieusement, puis il se déshabilla et se mit au lit avec de petits soupirs voluptueux.

L'homme se mit à genoux, et pria avec ferveur.

Les bougies soufflées, il tourna à gauche, tourna à droite, fit un grand signe de croix et s'endormit finalement sur le dos.

Préfleury aurait peut-être dormi jusqu'au jugement, sans un tapage formidable qui, vers les huit heures, ébranla tout le château.

Il se redressa, se frotta les yeux, jura et pesta contre les importuns qui troublaient son sommeil, et enfin éclata de rire. Puis il prêta l'oreille.

« Des coups de fusil sous les fenêtres! Quel diable de gibier peut-on bien chasser? »

Il alla ouvrir la croisée et regarda.

Devant lui, plantée de pommiers, une petite prairie qui montait toute verte jusqu'à la lisière d'un bois de sapin. Aux branches noires s'accrochaient des haillons de fumée.

Une balle cassa une vitre au-dessus de sa tête.

« Eh! mais voilà un sot compliment. Vite mettons nos culottes, c'est fort laid pour un gentilhomme d'être tué en chemise. »

Il s'habilla sans se presser, avec le plus grand soin, tout en fredonnant :

C'est ici que Rose respire,
Ici se rassemblent mes vœux;
Si j'étais maître d'un empire,
Je le donnerais pour ces lieux.
Ah! Rose, que l'on est heureux
Lorsqu'on soupire!

Et tranquillement, le jabot chiffonné, l'épée bouclée, le chapeau sous le bras, il descendit l'escalier.

Quand il fut dans la cuisine où il avait été reçu la veille, M. de Préfleury éternua deux fois à cause de la fumée qui emplissait la salle.

Des Chouans tiraient par les fenêtres, et des femmes chargeaient les armes.

Près de l'âtre, un vieux à cheveux blancs agonisait en murmurant des oraisons.

Un homme vint au marquis et lui prit les mains.

C'était un robuste gars à tête puissante, dont les grands yeux bleus avaient un éclat incomparable.

« Préfleury! mon cher marquis, je vous avais oublié!

— Ne vous excusez pas, mon cher Georges; vous aviez tant de besogne ce matin!

— Ah! oui, dit Cadoudal avec insouciance; les bleus d'Auray, qui me savaient ici et qui ont essayé de m'enlever. »

Puis changeant de ton :

« Vous avez les dépêches?

— Les voici, dit le marquis en lui tendant un pli cacheté de cire verte.

— Je lirai cela tout à l'heure. Quand part l'expédition?

— Elle est partie hier.

— Nous sommes le 11. Elle arrivera vers le 27 ou le 28. Et c'est toujours à Quiberon qu'on débarque?

— Toujours.

— Sotte idée! Enfin!... Je m'occuperai de tout cela dans un instant. A présent je vais en finir avec les grenadiers de la république. Pour vous, mon cher marquis, je vais vous faire conduire dans un endroit où vous serez en sûreté.

— Mais vous raillez, Georges, je veux me battre! »

Et le marquis entonna :

> Allez, qu'on m'apporte mes armes:
> Accourez, mes amis, et je serai vainqueur.
> Chassez la crainte et les alarmes,
> Amenez mon coursier, qu'on apporte mes armes,
> Répondez tous à mon ardeur.

Cadoudal se mit à rire.

« Allons, toujours le même, paraît-il; toujours vos éternels refrains.

— Oh! ce Sedaine, je l'adore; ce Grétry, ce Monsigny et Philidor, quels génies, mon cher Georges!

— Décidément, vous voulez vous battre?

— Vos hommes et vous risquent en ce moment leur vie pour le roi; je m'en voudrais éternellement de laisser passer une occasion si belle de faire mon devoir. »

Cela fut dit avec une dignité qui étonnait chez ce petit homme toujours chantant.

« Eh bien, je vais vous contenter. Grain-de-Sel, Cœur-de-Roi, Mouche-à-Bleus! » appela le partisan.

Trois hommes sortirent de la fumée.

« Nous allons attaquer les bleus. Toi, Grain-de-Sel, file par la ferme; vous, Cœur-de-Roi, passez par le potager. Quant à toi, Mouche, tu gagneras, sans te faire voir, la route de Crach pour les prendre à revers. Que tout le monde sorte par derrière; vingt hommes vont rester ici à tirailler pour les occuper. »

En une minute, il ne resta plus dans la salle que Cadoudal, Préfleury, les femmes et le moribond.

« Voilà qui est fort galant, dit Préfleury; mais dans tout cela je ne vois guère ce que je ferai.

— Vous allez attendre avec moi, mon cher marquis; tout à l'heure nous sortirons ensemble.

— Et nous nous battrons?

— Quel enragé! J'ai lieu de croire que vous serez satisfait. En attendant, causons. Que dit-on à Londres?

— Que la Donelli a été exécrable, la semaine passée, à Covent-Garden.

— Ah! marquis, nous allons nous fâcher, je demande des nouvelles sérieuses.

— Bon, bon. Précourt se marie, il épouse cette pauvre Sarville, qui est toujours aussi laide; M. le prince a fait une chute de cheval dont il est fort meurtri; Saintis a tué Priolay, qui avait rappelé devant lui l'histoire de Trianon. Notre précieux Grainvilliers a perdu quatre mille louis en jouant contre lord Hastings... Voilà à peu près toutes les nouveautés.

— Incorrigible fou ! murmura Cadoudal, qui ne pouvait s'empêcher de sourire.

— Ah ! j'oubliais... L'autre mercredi, à Newmarket, Beauty, la jument de Mgr le comte d'Artois, a battu par deux longueurs Master-Torn, l'invincible poulain du prince de Galles. Je pourrais aussi vous conter l'aventure de Mennerville, mais c'est un peu long...

— Assez ! assez ! ce n'est pas tout cela que je vous demande. Parlez-moi des projets des princes, des espérances de nos amis.

— Mon cher Georges, vous voulez me faire parler politique ; ce qui, entre nous, est bien la plus sotte chose du monde et n'est pas du tout mon affaire. On m'a chargé de vous apporter des dépêches, je vous les ai remises ; mon rôle officiel est terminé, et je ne demande maintenant plus rien que de me battre en bon gentilhomme et en fidèle serviteur du roi.

— Qu'il soit fait comme vous voulez, conclut Cadoudal en se levant. Voilà une musique qui me prouve que le bal a commencé. »

Au même moment s'élevait une clameur terrible, faite de mille voix rudes. La huée était telle, qu'elle dominait la fusillade, qui pourtant sonnait dur.

« Quand il vous plaira, monsieur le marquis, » dit Georges, qui ouvrit la porte et s'effaça pour laisser passer le marquis.

Le petit homme s'élança dehors, et tout en courant gagna la prairie, chantant à tue-tête :

Volons, volons où l'honneur nous appelle ;
Nous vaincrons, mes amis, notre cause est si belle !...

Une balle enleva son chapeau.

« Frrttt ! fit le marquis, envolé ! Épargnez-le, zéphyrs badins. »

Alors il mit l'épée au clair et gagna le plus vite qu'il put le bois de sapins, où la mêlée se tordait, furieuse.

Au choc des Chouans, les bleus, — des recrues pour la plupart, — avaient lâché pied. Au centre d'une petite clairière, quelques grenadiers, groupés autour du commandant et des officiers, se faisaient tuer bellement, pour l'honneur.

Le marquis avisa un lieutenant, tout jeune, à figure de fille, qui se battait comme un vieux soldat.

En deux bonds, Préfleury fut sur lui; mais comme l'enfant ne le voyait pas, le gentilhomme fit un pas en arrière et dit :

« J'ai l'honneur de vous charger, monsieur l'officier. »

Le lieutenant fit face. Sabre et brette s'engagèrent.

Court fut le combat, le marquis était un vieil habitué des académies; il choisit son moment, lia le fer et fit sauter l'arme.

Le bleu se croisa les bras, et très ferme attendit; pourtant deux larmes parurent sur ses joues roses.

Le marquis allait ouvrir la bouche pour dire quelque chose de fort courtois, quand deux Chouans qui dardaient d'énormes faux se jetèrent sur l'officier.

Avec une force étonnante dans ce corps frêle, Préfleury repoussa les deux Bretons.

« Eh bien! disait-il, cet homme est à moi, il m'appartient. »

Les deux paysans, avec un rire affreux, firent signe qu'ils ne comprenaient pas, et leurs fers cherchaient le bleu derrière le marquis.

Celui-ci, fou de désespoir, allait à son tour charger les Chouans, quand il aperçut Cadoudal.

« A moi! Georges! à moi! »

Et il fit un pas vers lui.

Ce fut assez. Un faible cri, un corps qui tombe. Préfleury se retourna.

Le petit lieutenant, renversé, râlait, la poitrine crevée; ses yeux se voilaient de mort, et à sa bouche devenue blanche montait une rouge écume.

Fou de douleur, le gentilhomme allait frapper. Mais Cadoudal avait tout vu.

« Qui a tué ? dit-il en breton aux deux hommes.

— C'est moi, Gagne-Route.

— De quelle paroisse ?

— De Locminé.

— Tu as désobéi. Tu as tué un prisonnier, tu sais que c'est défendu.

— C'est vrai, j'ai fauté.

— Le bon Dieu va te punir, fais ta prière.

— Oui, not' Georges. Ma prière de mort ?

— Ta prière de mort. »

L'homme se mit à genoux et pria avec une ferveur qui amollissait cette face rigide et qu'on eût dit sculptée en cœur de roche.

Il baisa son scapulaire par trois fois et dit :

« J'ai fini, not' Georges.

— Tu n'as pas de mauvaise pensée, tu as pardonné à tous tes ennemis ?

— Oui, oui.

— Tu n'as pas dérobé ?

— Non, non, faites-moi mourir bien vite.

— Debout ! un soldat meurt debout ! »

Gagne-Route obéit, il commença :

« Sainte Anne, sainte Marie... »

Une détonation brève. Le Chouan s'abattit, la tête trouée.

« Quels hommes ! » murmurait Préfleury.

Cadoudal remettait son pistolet à sa ceinture.

« Allons, venez, marquis, nous allons boire à la santé du roi, la journée a été bonne, et la leçon d'aujourd'hui sera suffisante pour calmer ces messieurs de la république. »

Le partisan s'efforçait, cherchant une gaieté qui ne venait pas.

« Grâce à notre combat de tantôt, je pourrai reprendre Auray. Mordienne ! marquis, voilà le moment de nous régaler de vos flonflons. Un refrain, marquis, un refrain. »

Préfleury dit doucement :

« On ne peut pas toujours chanter, monsieur mon ami. »

Et, quoi qu'il fît, il voyait les deux morts : le Chouan et sa tête de pierre grise, l'enfant avec ses yeux de violette et sa bouche qui était comme une fleur pâle, où il y avait un peu de sang.

# UN LACHE

Une petite maison, moitié ferme, moitié pavillon de garde, plantée au bord du grand chemin. Derrière, des bois broussailleux tout panachés de givre.

La plaine, blanche de neige, s'étend éperdument lointaine avec des piquets noirs qui seront au printemps des arbres fleuris. Un ciel bas, lourd d'avalanches.

A l'intérieur, un quinzaine d'hommes vêtus en soldats, lamentables et souffrants, jeunes et vieux, des faces de fillettes et des barbes grises. Tout ce monde abattu, vautré presque, s'écrasant pour avoir l'haleine du feu, — le bon feu qui crie, ronfle, flamboie dans la cheminée haute.

Un homme, à l'écart, ayant aux manches deux galons d'or terni.

Il pense encore celui-là, et dans ses yeux, d'un bleu lavé, remue une inquiétude.

Parfois, brusquement il se lève, ouvre la porte, insoucieux des jurons, et regarde le blanc mystérieux des champs qui dorment.

Enfin il n'y tient plus, et tirant par sa capote raidie l'un des soldats couchés :

« Voyons, sergent, dit-il, pas un homme pour nous garder ! »

Le sergent, un vieux avec de tout petits yeux de sanglier dans un hérissement de poils drus, secoue la tête sans se déranger.

La main de l'officier se crispe sur le drap, et sans trop d'effort apparent le sergent se trouve debout, ivre de fatigue et de sommeil espéré.

« Eh bien! quoi? fait-il rudement, on ne peut même plus dormir à présent?

— C'est moi qui vous parle, dit l'officier.

— Quand ce serait le pape! » riposte l'autre insolemment.

Le lieutenant, sans grand geste, tire son revolver de sa gaine, et, le braquant sur la poitrine du sous-officier, il dit :

« Ils ont reposé deux heures, ça suffit. C'est miracle que nous n'ayons pas encore été surpris. Prenez quatre hommes et allez les poster à trois cents mètres.

« Par le froid qu'il fait, on relèvera toutes les heures. »

Vaincu plus encore par le clair regard de l'officier que par la menace du pistolet, le sergent grognant s'abaissa vers ce tas de misérables, et secoua de ses mains engourdies les premiers qu'il rencontra au hasard du geste.

Il y eut des cris, des plaintes, des blasphèmes. Mais cinq ou six mobiles se mirent debout.

« Voilà, expliqua le sergent : c'est le lieutenant qui veut qu'on monte la garde. »

Ce fut une tempête qui s'éleva.

« Autant mourir ici qu'ailleurs.

— Puisque nous sommes trahis, vaut mieux se laisser prendre.

— Qu'est-ce qu'il a encore à nous empoisonner, le lieutenant! »

Un dernier conclut, le visage sous les yeux de l'officier :

« Boismorand, tu nous embêtes. »

L'homme aux galons devint plus pâle. Il dit seulement :

« Mais, malheureux! c'est votre vie que vous jouez. Nous sommes perdus depuis deux jours sans pouvoir retrouver l'armée. Il faut au moins nous garder de l'ennemi!

— Tu pourrais bien y aller pour nous, » hoqueta l'un des mobiles, qui semblait ivre.

L'officier eut un regard profond qui ramassa dans un même mépris ces êtres inconscients.

« C'est bien, j'y vais, dit-il.

— Tonnerre, c'est trop tard ! hurla le sergent, penché aux vitres crasseuses de la fenêtre. Aux armes ! aux armes ! »

Il y eut un tumulte.

Ceux qui étaient déjà debout prirent leur fusil machinalement ; quatre encore se levèrent hébétés ; les autres restèrent inertes, veules, perdus.

Le lieutenant était déjà à la croisée, ses poings se crispaient aux briques de l'encadrement.

Sur la route deux uhlans s'avançaient, tendant le cou, inquiets, écoutant le silence. Derrière eux, un officier à cheval, et, à sa suite, un fourmillement sombre, où des éclairs de métal passaient.

Le lieutenant retourné domina un instant toutes ces brutes d'un geste et d'un regard.

Ils comprirent mieux qu'à la parole.

Ce fut une minute tragique.

« Quoi faire ? dit une voix ; ils sont trop.

— Nous sommes trahis, gémit un Parisien louche, qui avait toujours le ventre plein quand les autres trempaient des croûtes.

— Laissez-moi faire, dit nettement l'officier, et vous sortirez tous d'ici sans dommage.

« Pas un mot, pas un bruit, je réponds de tout. Sergent, veillez à ce qu'il n'y ait pas une imprudence. »

Il ouvrit la porte, et bravement, se jeta dans la neige, allant à la mort.

Sur leurs maigres chevaux perchés, semblant de noires cigognes, les deux uhlans d'avant-garde se dressèrent dans une menace, haussant le pistolet quand ils virent l'officier.

Mais Boismorand, qui n'avait dans les doigts qu'un fêtu de paille ramassé par ses mains chercheuses et moites de fièvre durant l'étrange veillée, fit un signe, et les deux hommes comprirent qu'il ne venait pas offrir bataille.

Au galop, un cavalier vint, suivi de deux autres.

Le Français fit quelques pas à la rencontre des Allemands, et durant cette minute il vécut toute sa vie.

Mauvaise tête, engagé malgré son père, vieux soldat, ensuite l'Afrique, les misères, le soleil, la gloire, la mort défiée dans des folies de zouave, enfin le calme, la petite retraite en un coin tranquille de province, puis la guerre et le tonnerre de Sedan qui le refaisait soldat, et maintenant là... martyr gouailleur, ayant encore un sourire en songeant à son bon tour de zouzou qui allait lui coûter la vie en sauvant les autres.

Brusquement, secouant son rêve, il se redressa et se trouva face à face avec l'officier allemand, qui se tenait raide, très correct et ganté.

« Eh bien, oui, dit-il, nous sommes là! »

Le Bavarois, — c'était un capitaine-major du 10e, — haussa les épaules sans rien dire, et il fit tourner son cheval, face à la porte.

Le Français dit des mots allemands mal prononcés, ce qui fit rire les deux petits capitaines tout roses, plus roses dans la neige.

« Pardon, Monsieur, dit en très bon français l'Allemand à cheval, vous êtes pris, vous n'avez aucun secours à espérer; les grand'gardes françaises sont à plus de trois lieues d'ici, au delà de Chantenay, il faut vous rendre.

— Me rendre! » frémit le lieutenant.

Puis quelque chose de doux, de mouillé glissa dans ses yeux, qui regardaient des choses très lointaines. Ce fut court.

« C'est bon, reprit-il d'un ton bonhomme ; seulement je ne réponds pas des vingt énergumènes que j'ai avec moi. Ils sont enragés, furieux; ils veulent se battre.

— Mais vous voyez bien que c'est fou, interrompit le vainqueur.

— Oui, oui, mon commandant, riposta l'autre très bas ; moi, — il eut un petit frisson, — j'aime mieux que tout s'arrange. Nous sommes pris, c'est très bien, je vais leur parler à mes hommes. »

L'Allemand eut un mouvement de répulsion et le rejeta presque du genou, car Boismorand touchait son arçon.

L'officier français avala sa salive et répéta :

« A quoi bon faire tuer du monde? tout va s'arranger. Laissez-moi seulement leur parler.

— Non, non, dit l'Allemand, pas de trahison. Appelez quelqu'un de vos hommes,... pour expliquer aux autres.

— Ça vaut mieux comme cela, » dit-il, et il fit vingt pas sur la route et cria :

« Targès ! »

La porte s'ouvrit, le sergent apparut.

Sur un signe, il s'approcha, faisant des enjambées.

Le lieutenant courba sa haute taille pour lui parler à l'oreille.

« Écoute. Nous sommes pris; une chance reste. Pendant que je vais les occuper, fais filer tout ton monde par la basse-cour qui donne sur les bois. Par eux, je sais que les grand'gardes de Chanzy sont à Chantenay. C'est trois petites lieues en deux heures. Vous pouvez y être. Fais-toi guider par Fourand, qui est du pays.

— Et vous, mon lieutenant?

— Moi, c'est mon affaire. Ne vous occupez pas de moi.

— Pourtant...

— Assez, fais ce que je te dis. Donne-moi la main.

— Oui, mon lieutenant, fit Targès.

— Là; maintenant va, et ne perds pas de temps. »

Le sergent tourna, puis courut vers la maison, tandis qu'à petits pas Boismorand revenait vers l'officier prussien.

« Le sergent va leur parler, fit-il; vous allez les avoir tous sans un coup de fusil.

— J'ai votre parole, dit l'Allemand; ils vont tous se livrer?

— Certes!

— Vous vous engagez pour eux d'honneur?

— Oui.

— Ne me trompez pas, ou je vous fais passer par les armes.

— Entendu. »

Alors personne ne parla plus pendant quelques instants.

Enfin le Bavarois :

« Eh bien! vont-ils se décider?

— Oh! vous savez, mon commandant, ils discutent; ce sont des mobiles, pas bien disciplinés, chacun dit son mot. »

A la fin, l'officier allemand, qui mordait sa moustache, dit :

« Nous allons voir, tous les deux, s'ils sont décidés.

— Inutile, répondit le Français, ils ne sont plus là.

— Quoi! comment! Que voulez-vous dire?

— Mes hommes sont à l'abri maintenant.

— Vous avez trahi votre parole, lieutenant; vous savez ce que je vous réserve!

— Oui, faites vite.

— Mais c'est impossible pourtant!

— Allez voir. »

D'un galop furieux, le commandant poussa son cheval jusqu'au pavillon; tout était désert; par la fenêtre on voyait la salle vide, aucun bruit ne venait plus.

Un instant il resta pensif.

Puis mettant sa bête au pas, il revint à l'officier, qui debout l'attendait avec une joie dans les yeux.

« Vous allez mourir, dit-il à Boismorand; mais c'est très beau ce que vous venez de faire, lieutenant.

— Nous n'avons pas de compliments à échanger, finissons-en le plus tôt possible.

— A vos ordres. »

L'Allemand fit un signe, dit deux mots; huit hommes s'approchèrent.

« Vous n'avez pas de recommandations à me faire, Monsieur?

— Aucune. J'ai fait mon devoir de soldat et j'ai confiance dans le bon Dieu. Je ne demande qu'une chose : qu'on ne me manque pas.

— Vous commanderez le feu vous-même. Au commandement : *Feu!* que mes hommes ne comprendraient pas, j'abaisserai mon sabre.»

Boismorand alla se placer au revers du fossé. Les soldats s'apprêtèrent et le mirent en joue.

« Feu! » cria-t-il.

Et il tomba, tandis que le sabre s'inclinait comme pour un salut.

# MONSIEUR SAINT MICHEL

*A Henri Guerlin.*

Par un clair matin d'avril, monsieur saint Michel, accoutré en chevalier, monté sur un beau palefroi plus blanc que neige, suivait au pas de son cheval le chemin qui va de Neufchâteau à Vaucouleurs.

Bien qu'accoutumé aux splendeurs du paradis, le Bienheureux admirait aussi la nature, qui est encore l'œuvre de Dieu. Il admirait les cieux limpides, le sourire amical des fleurs, les chants harmonieux des oiseaux. Les montagnes, dans les brumes du matin, avaient les délicates couleurs de l'améthyste; au milieu des terres grasses, déjà veloutées d'un vert tendre, s'élevaient des cerisiers fleuris pareils à des bouquets d'épousée, des bois, des monts, de la plaine venaient des parfums jeunes, puissants et frais... C'était le printemps.

Monsieur saint Michel venait, ainsi qu'il en avait l'habitude depuis quelque temps, veiller sur une humble bergère nommée Jeanne, en laquelle Dieu avait mis toutes ses complaisances. Le Seigneur l'avait choisie entre toutes, parce qu'elle était pure comme l'onde des sources et que jamais une mauvaise pensée n'avait souillé son esprit. Elle habitait, avec ses parents, une petite maison du village de Domremy.

Le bon saint, quand il fut arrivé à l'orée du bois qui s'étendait près de la chaumière, mit pied à terre, attacha son cheval à une branche et se dirigea à petits pas vers un grand hêtre que ceux du pays appelaient l'*Arbre aux fées*, et qui s'élevait au-dessus d'une rustique fontaine. Aux branches, les enfants suspendaient des couronnes de fleurs. Souvent Jeanne venait prier à cet endroit, car c'était là que l'archange lui était apparu pour la première fois.

Bientôt la bergère sortit de la maison de son père : c'était une belle fille de dix-huit ans, grande et bien proportionnée ; elle était vêtue d'un corsage de bure et d'une cotte de laine rouge. Les cheveux, noirs, étaient relevés d'un simple ruban.

Jeanne n'était pas seule ; son amie Haumette l'accompagnait. Quand les deux paysannes furent arrivées à l'entrée du bois, Haumette s'arrêta et dit à sa compagne :

« Alors, Jeanne, tu refuses de venir avec moi, ce soir, à l'assemblée ?

— Tu sais bien, répondit Jeanne, que je ne me plais point en ces sortes de fêtes ; car les danses n'y sont pas toujours modestes.

— Tu préfères passer ton temps à prier ?

— Cela vaut mieux.

— C'est ce que tu vas faire en ce moment, sans doute ?

— Oui.

— Et tes visions, sont-elles revenues ?

— Je n'ai rien vu depuis trois jours, et je suis bien chagrine. »

Haumette éclata de rire.

« Tiens ! dit-elle, je crois que tu perds l'esprit, et il avait raison, monseigneur de Baudricourt, qui te tenait pour folle et disait à ton oncle de te ramener à ton père, bien souffletée. »

Là-dessus Haumette partit, et Jeanne resta seule.

De sa poche elle tira des débris de pain noir, et aussitôt elle fut entourée d'une nuée de petits oiseaux : merles, pinsons, bouvreuils, mésanges, roitelets, se disputaient, en criant joyeusement, les miettes au creux de ses mains.

Quand elle n'eut plus rien à leur donner, les oiseaux ingrats s'envolèrent.

Elle se dirigeait vers le bord de la fontaine pour y prier, suivant sa coutume, et Michel admirait déjà sa bonne grâce et ses yeux ingénus, quand un nouveau personnage, sorti on ne sait d'où, s'approcha de Jeanne et la salua courtoisement.

Au premier coup d'œil, le Bienheureux reconnut le nouveau venu.

« Comment ! Lucifer vient tenter cette pauvre âme ! Le Méchant n'est donc arrêté par rien ? ni la sainteté ni la candeur de cette enfant n'ont pu le désarmer ! »

L'inconnu était vêtu comme un seigneur, d'un riche habit de velours noir. Son visage était d'une beauté surhumaine ; mais les yeux avaient une expression si perverse et si redoutable, que les plus hardis n'auraient pu affronter ses regards sans frémir.

D'une voix qu'il veloutait, pour ne pas effaroucher la bergère, il demanda à la jeune fille :

« Pourriez-vous m'indiquer, jouvencelle, la demeure de cette Jeanne, fille de Pierre Darc, et dont tout le monde parle dans la contrée ? »

Jeanne leva ses yeux candides sur le Maudit et soutint son regard sans faiblir : ce diamant n'avait rien à craindre de cette flamme.

Elle répondit très doucement :

« Je ne sais de quoi tout le monde parle ; mais si c'est Jeanne, fille de Pierre Darc, que vous cherchez, n'allez pas plus loin, car c'est moi en personne.

— En vérité ! Alors laissez-moi vous contempler à mon aise, car vous êtes la femme la plus honorée qui fut sur terre depuis la Vierge Marie. »

Jeanne eut un tranquille sourire :

« Vous voulez railler, messire ; je ne suis qu'une pauvre bergerette pour garder les moutons. »

Satan reprit en se rapprochant :

« N'est-il donc point vrai que vous êtes à ce point favorisée du Ciel que vous apercevez de vos yeux de chair les saints du paradis, et conversez avec eux librement ?

— Cela est vrai.

— Vous voyez bien que nulle créature humaine ne peut vous égaler en vertus et en perfections, et qu'il faut que vous soyez la plus digne de toutes pour que le Seigneur vous ait choisie pour porter aux hommes sa parole ! »

Monsieur saint Michel voyait bien que le Malin voulait la faire pécher par orgueil, et il était anxieux de la réponse que Jeanne allait faire.

Elle dit avec simplicité :

« Je ne suis qu'une pécheresse, et je n'ai aucune des vertus que vous me prêtez ; mais Notre-Seigneur Dieu se sert souvent des instruments les plus indignes pour faire éclater sa puissance. »

Alors l'archange se rassura ; les maléfices du Mauvais ne prévaudraient jamais contre cette pureté.

Mais le diable ne voulait pas encore s'avouer vaincu.

« Écoutez-moi, Jeanne, continua-t-il en donnant à sa voix un accent de tendresse ; je suis un riche seigneur en mon pays ; voulez-vous être ma dame et épouse ? Dites un mot, et je vais vous demander en mariage à votre père...

— Il en sera ce que Dieu voudra, répondit Jeanne sans rien perdre de sa sérénité. Que je reste bergère ou que je devienne châtelaine, il en sera toujours à sa volonté.

— Réfléchissez, Jeanne ; vous auriez des joyaux, des beaux habits, des pages... Ne seriez-vous point bien aise de revenir ici accoutrée en

Comme elle se dirigeait vers le bord de la fontaine, un personnage sorti on ne sait d'où s'approcha de Jeanne et la salua courtoisement.

dame de noblesse, pour recevoir l'hommage de tous ceux qui aujourd'hui vous méprisent?... »

Mais Jeanne ne l'entendait plus; du fond du bois, à travers les rameaux étoilés de bourgeons et de jeunes pousses, elle voyait venir à elle ses chères saintes : Madame Marguerite et Madame Catherine. Elle voyait aussi Monsieur saint Michel, qui les saluait bien courtoisement.

Le Maudit eut un ricanement qui cachait sa rage, et disparut, comme si la terre l'eût englouti.

Les trois Bienheureux allaient vers Jeanne. Ils avaient quitté le sol et semblaient gravir une invisible pente qui les amenait jusqu'aux basses branches du hêtre. Là ils s'arrêtèrent, souriant à Jeanne extasiée.

Ravie, la bergère contemplait les saints.

Madame Marguerite était vêtue d'une robe blanche de fin lin; dans ses cheveux d'or fleurissaient des roses. Le vêtement de Madame Catherine était plus somptueux : elle portait un ajustement en drap d'Alexandrie de couleur vermeille, et tout brodé de perles.

Quant à Monsieur saint Michel, son armure était d'une grande magnificence et tout incrustée d'or et d'argent, à la façon des armes de Damas. Son casque était un éblouissement; les diamants, les rubis, les émeraudes, les saphirs, les opales, les escarboucles, y brillaient de mille feux. A son côté, pendait une épée dont la garde était fleuronnée d'argent; une améthyste énorme était enchâssée dans le pommeau.

Saint Michel parla le premier.

« Jeanne, Jeanne, prends ton chemin vers les châteaux de la Loire! tu n'as que trop tardé à nous obéir.

— Comment faire, monseigneur? répondait l'enfant; mes parents ne veulent pas me laisser aller en route, et mon père a dit qu'il aimerait mieux me noyer de ses propres mains que de me savoir parmi les gens de guerre.

— Obéis d'abord à Dieu. Tes parents seront consolés plus tard; mais ne balance pas plus longtemps, car Dieu a pris en pitié le royaume de France.

— Comment pourrai-je traverser tant de pays remplis de routiers et de mauvaises gens, sans qu'il m'arrive dommage?

— Nous veillerons sur toi, dit Madame Marguerite.

— Aie foi, et tous les dangers s'écarteront de ton chemin, » dit Madame Catherine.

Les figures des saints s'effaçaient peu à peu.

« Ah! disait Jeanne, ne vous reverrai-je donc plus?

— Si, tu nous reverras, répondit l'archange, mais pour cela il faut rester bonne fille et sage.

— Monseigneur, Mesdames, je vous en prie, tirez-moi avec vous en paradis!... »

La vision avait disparu; Jeanne se prit à fondre en larmes. Quand les saints n'étaient plus là, tout autour d'elle lui semblait tristesse et misère.

Cependant les trois Bienheureux sortaient du bois et devisaient entre eux en divin langage, disant des choses de Paradis, quand, au détour du chemin, un chevalier recouvert d'une armure sombre, monté sur un cheval noir, leur barra la route.

Michel considéra l'importun d'un œil irrité :

« Aussi bien, Lucifer, puisque je te rencontre, je te fais défense de tenter désormais la douce Jeanne, que tu voulus séduire tout à l'heure. »

Le Mauvais, car c'était lui, se prit à rire :

« Je ne te dois pas obéissance, beau prince des Archanges, dit-il d'une voix railleuse. Dieu, notre Maître, m'a donné mission de tenter les fils des hommes pour éprouver leur vertu, et je ne ressens jamais joie plus grande que lorsque je puis les amener au péché.

— Eh bien! dit saint Michel, je te forcerai à faire malgré toi ce que tu ne veux m'accorder de bonne grâce. Nous allons combattre, et le vainqueur pourra imposer au vaincu ses conditions et ses ordres.

— Je le veux bien ainsi, dit Satan.

— Je t'ai déjà vaincu.

— Alors la partie n'était pas égale; je n'avais que mes Lumières, tandis que tu combattais avec les autres chœurs des Anges et des Archanges, avec les légions des Trônes, des Puissances, des Dominations, et toutes les cohortes célestes. Mais cette fois nous sommes seul à seul, et tu vas te repentir de ton audace.

— Avec l'aide de Dieu, je triompherai.

— Tu sais que le Maître m'a octroyé licence de changer trois fois de forme; ainsi ne crois pas m'avoir vaincu, si la fortune m'était contraire à la première rencontre.

— Use de tous tes sortilèges. Si telle est la volonté de Notre-Seigneur Jésus, je saurai bien te réduire. »

Le Bienheureux dit aux deux saintes, qui écoutaient cela bien tristement :

« Mes dames et amies, écartez-vous un peu, je vous prie, et priez pour moi durant le combat, qui sera rude. »

Madame Marguerite et Madame Catherine firent selon sa volonté et s'allèrent mettre à genoux au pied d'un grand chêne, à quelque distance.

Ensuite Monsieur saint Michel baissa sa visière, s'affermit bien sur ses étriers et fondit, l'épée haute, sur le Maudit.

Satan lui épargna la moitié de la course, et les deux chevaliers se heurtèrent avec un bruit horrible.

Le Mauvais se servait d'une masse d'arme d'un poids énorme; mais l'archange résistait à tous les chocs et ripostait par de si rudes coups, que bientôt Lucifer lâcha les arçons et mesura le pré de toute la longueur de son corps.

Monsieur saint Michel allait mettre pied à terre pour le forcer à demander merci, quand cheval et chevalier s'évanouirent comme fumée au vent de bise, et, à leur place, parut un lion d'une grosseur prodigieuse qui s'avançait vers le Bienheureux en poussant des rugissements épouvantables.

D'un seul bond le fauve fut à la gorge du destrier blanc, qui s'abattit bientôt ruisselant de sang, entraînant son cavalier dans sa chute. L'archange se dégagea rapidement, et, au moment où la bête allait le ter-

Monsieur saint Michel remarqua un dragon hideux
qui soufflait des flammes et le menaçait de ses griffes puissantes.

rasser, il lui coupa la tête d'un terrible coup de revers, ainsi qu'avaient fait jadis le duc Pépin et messire Godefroi.

Le cadavre du lion disparut aussitôt comme par magie, et l'air fut obscurci par une fumée noire et empestée qui voilait l'éclat du soleil. Au milieu de ce nuage, Monsieur saint Michel remarqua un dragon hideux qui soufflait des flammes et le menaçait de ses griffes puissantes. Le combat fut long et terrible; deux fois l'archange fut sur le point de succomber, mais par bonheur il put abattre une des ailes de l'horrible bête, qui tomba sur le sol, mais se précipita sur le chevalier du ciel avec une nouvelle furie.

Enfin Michel, ayant pu éviter la gueule mortelle et les griffes tranchantes, cloua au sol avec son épée le dragon, qui se tordit avec de si effrayants sifflements, qu'on aurait pensé que la fin du monde était venue.

Puis le dragon fondit comme une vaine apparence, de même qu'il en avait été du chevalier et du lion, et Monsieur saint Michel vit devant lui, frémissant de rage, Lucifer, qui lui dit d'une voix rauque :

« Tu m'as vaincu, ordonne.

— Eh bien! dit le bon saint, je te commande de ne plus tourmenter ma filleule Jeanne, qui doit sauver le gracieux royaume de France.

— C'est bien ; j'obéirai. »

Satan frappa la terre du pied ; une crevasse béante s'y ouvrit, où il se laissa glisser, puis tout se referma, tandis qu'une odeur de soufre se répandait dans l'air.

Alors Monsieur saint Michel vint auprès des bonnes saintes et les remercia courtoisement :

« Ce sont vos prières qui m'ont fait triompher, mes dames et amies; je vous remercie de votre aide de tout mon cœur. »

Et tous trois reprirent leur route, rendant grâces à Dieu.

# QUIBERON

*Au docteur Le Bayon.*

Quand il vit que la retraite se changeait en déroute, Sombreuil, pour arrêter les soldats de Hoche qui débordaient le Sillon, cette dernière et faible défense de la presqu'île, chercha autour de lui ceux qu'il pourrait bien jeter en pâture aux vainqueurs. Il choisit un bataillon qu'on appelait le bataillon des chevaliers de Saint-Louis. C'était une élite de vieux gentilshommes équipés à leurs frais, et Bretons pour la plupart. M. de Boissieu les commandait. Quelques hommes de Royal-Marine se joignirent à eux.

M. de Lourmel, qui se repliait en assez bon ordre avec trois compagnies de Loyal-Émigrant, salua M. de Boissieu et lui demanda :

« Vous plairait-il me dire où vous allez, monsieur le chevalier?

— Nous faire tuer! répondit Boissieu.

— Voulez-vous, en ce cas, me faire l'honneur de m'accepter en votre compagnie?

— Tout l'honneur sera pour nous, monsieur le marquis. »

Les deux gentilshommes se saluèrent d'un joli salut de Versailles. M. de Lourmel commanda demi-tour, et le bataillon ainsi renforcé continua sa marche en avant.

Derrière une dune, on trouva les bleus, qu'on aborda à la baïonnette. Ceux-ci, — c'étaient des grenadiers de la 11e demi-brigade, —

surpris de la brusque attaque, lâchèrent pied en débandade et furent reconduits, la pointe aux reins, jusque sous les canons du Fort-Penthièvre. La mitraille arrêta les royalistes.

Hoche, après avoir couvert de fer les assaillants, lança contre eux ses meilleures troupes. Il y eut un combat très vif, presque corps à corps. Les chevaliers de Saint-Louis se firent tuer jusqu'au dernier.

M. de Boissieu, presque seul, son épée rouge, couvert de sang, tomba enfin en criant galamment : « Vive le roi ! »

Désormais rien ne séparait plus les républicains victorieux de cette masse de soldats battus, de femmes, d'enfants, de vieillards, qui tourbillonnaient affolés dans cet affreux cul-de-sac de Quiberon.

« Une bonne journée, citoyen général ! » dit le représentant Hanriot à Hoche, qui chevauchait lentement au pas d'un petit cheval blanc, maigre et sale.

Hoche ramena son lumineux regard sur l'imbécile, et lui dit simplement :

« Vous trouvez, citoyen représentant? »

Hanriot déclama en enflant ses joues :

« Certes ! Les infâmes suppôts de la tyrannie sont écrasés dans leurs derniers repaires.

— Ce sont des Français ! » répondit le jeune général avec tristesse, sans se douter qu'il venait de dire quelque chose de sublime. Puis, laissant l'orateur de club s'indigner avec fracas, il reporta les yeux vers la mer, où se balançaient à la houle les frégates des Anglais.

Ah ! ceux-là, s'il avait pu les atteindre, les exterminer !...

Dans une des nombreuses balafres de la falaise, sur le sable, un homme est étendu. Le chapeau de feutre, cocardé de blanc, roulé à quelques pas, a découvert la chevelure argentée. Le vieillard est vêtu d'une longue redingote bleue à grands revers, d'une culotte grise et de fines bottes. On ne voit pas son visage, caché dans les bras repliés. Les mains, très soignées, sont petites. Des taches de sang ont moucheté une roche, tout près.

Un autre homme, maintenant. Il se traîne lourdement par les rochers et vient s'abattre pas loin du gentilhomme. Il grogne :

« Voyons voir,... c'est-y cette fois-ci que j'ai mon affaire? »

Celui-là, c'est le soldat épique de la Révolution. Loqueteux, sale, superbe, il est plus fier dans ses guenilles qu'un empereur dans sa pourpre. C'est un sergent, — pas jeune; — sa grosse moustache est blanche par places.

Il vient d'apercevoir le soldat du roi, et le contemple :

« Vl'à un ci-devant qu'a son compte... Dans deux heures je serai peut-être comme lui... Oh! mâtin,

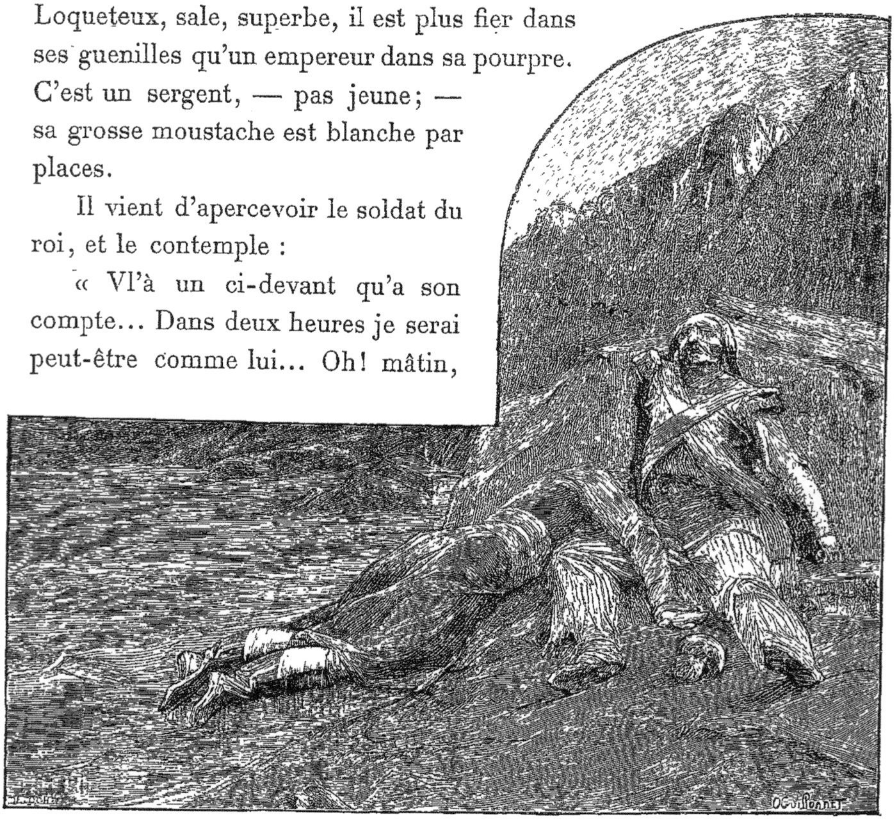

les belles bottes!... Oui, mais voilà ! j'entrerai jamais là dedans. »

Résigné, le grenadier écarta son habit en haillons, — comme un drapeau de vaillants, — et découvrit sa broussailleuse poitrine.

Une longue estafilade tournait les côtes. Dans la blessure il mit le doigt, renifla, fit une grimace de vieux diable, et finit par conclure :

« Ça, c'est rien ; passons à l'autre. »

L'autre était à la cuisse. La balle était entrée très en haut, un peu de côté ; mais elle était restée dans le trou.

Le vieux hocha la tête.

« Pour celle-là, y a pas, faut le citoyen droguiste... Trente jours d'hôpital,... ni vin ni tabac,... c'est pas drôle... En attendant, à ta santé, aristocrate ! »

A sa gourde empoignée avidement, il but une longue lampée.

Au beau milieu du coup, il s'arrêta. Un gémissement venait de sourdre à côté de lui, une atroce plainte de souffrance lassée.

« Quoi donc ! fit le grenadier plein d'admiration, le chouan n'est pas mort ! »

Le gentilhomme s'était retourné ; ses mains griffaient l'air vide, des mots remuaient sur ses lèvres grises.

Longuement, avec la placidité grave de ceux qui ont vu beaucoup mourir, le soldat regarda l'agonisant :

« Il a soif, » dit-il enfin.

Il se traîna comme il put près du vieillard.

« En veux-tu un peu ? » demanda-t-il, penché sur lui, offrant son bidon.

Les paupières du blessé battirent très vite, les mains saisirent la gourde, et, presque avec violence, il mit au goulot sa bouche.

Mais, comme si la foudre l'eût frappé, l'aristocrate se releva à demi, la figure bouleversée par une souffrance plus neuve qui triomphait des autres souffrances.

Il râla :

« C'est du feu...

— C'est du raide, c'est vrai, » appuya tranquillement le grenadier.

Le royaliste regarda bien en face l'autre homme :

« Merci, dit-il.

— Y a pas de quoi.

— Pourtant vous êtes un bleu ?

— Je suis passé au bleu, tu veux dire ? ricana le soldat en essayant de plaisanter.

— Merci toujours. Mais ce n'était pas la peine de prendre soin de moi, je suis mort.

— Eh ben ! et moi donc ! Vous ne voyez donc pas que je suis tué ? »

Tous deux, fatigués d'avoir parlé, s'observèrent longtemps, ne disant plus rien.

« C'est bête de mourir comme ça, articula enfin le grenadier ; et puis y a la femme, et puis les petits !... Ah ! si on serait seul !...

— C'est comme moi, murmura le gentilhomme. Tenez, dit-il avec ce besoin de confiance des abandonnés, si parmi les prisonniers, — car on va tous les prendre dans ce hideux traquenard, — vous entendez dire qu'il y a mon fils, tâchez de le sauver.

— Je veux bien, si je suis encore de ce monde ; mais comment qu'il s'appelle ?

— Le chevalier de Locréan.

— Comment que vous avez dit ça ? hurla le soldat de Hoche en faisant un soubresaut.

— J'ai dit : mon fils, le chevalier de Locréan.

— Tonnerre de tonnerre ! c'est pas possible ! J'en ai connu un, moi, de Locréan, et beau, et brave, et tout ; mais à présent il doit avoir du poil gris.

— C'est moi, dit doucement le blessé.

— Coquin de sort! »

Dans les yeux du grenadier, quelque chose passa d'humide et de flambant. Rudement il prit le chouan aux épaules, et planta ses yeux noirs dans ses yeux pâles.

Un flot de vie, de jeunesse avait ranimé les traits ravagés du sergent. L'autre, en ce court moment, s'était rappelé le vieux soldat.

« La Cocarde ! cria-t-il presque.

— Il m'a reconnu ! » beugla le grenadier.

Et il eut des larmes.

« Ah ! mon pauvre vieux, comment, c'est donc toi ? dit l'émigré.

— Royal-Artillerie, troisième compagnie. Présent, mon capitaine. »

Et le vieux coq tenta de se redresser.

Il ajouta :

« Seulement, à cette heure, je m'appelle Gracchus Potard.

— Tu te souviens de York-Town ?

— Et Black-City et l'attaque du fortin, et le jour où vous m'avez ramassé près de la petite rivière... Ah ! mille millions, c'était le bon temps, c'était la bonne vie, on tapait sur les habits rouges, vos amis à présent, dit le vétéran attristé.

— Et toi, tu te bats pour les révolutionnaires, tu es avec ceux qui ont coupé la tête du roi !

— Oui, je sers toujours, dit le troupier... Ah ! qui qu'aurait pu dire que je vous retrouverais dans le camp des ennemis !

— La Cocarde ! clama tout à coup Locréan avec l'énergie de ceux qui vont passer.

— Mon capitaine !

— On dirait que le sable s'enfonce.

— C'est des idées, mon capitaine.

— J'ai devant les yeux... comme un voile...

— C'est la nuit qui vient, mon capitaine.

— Tiens, tâte mes mains froides, si froides!...

— C'est le vent de la mer qui fraîchit au soir.

— Je m'en vais, mon vieux, j'étouffe,... relève-moi la tête...

— Je peux plus,... fini... moi aussi... Sacrée balle, elle a été au ventre... Ah ben! quoi donc!... je vois tout jaune... »

Le chouan renversé expirait, la bouche soudain rougie de sang.

« Mon Dieu! mon roi!... » exhala-t-il dans un dernier souffle, et il resta raidi, les yeux fixés sur les premières étoiles qui s'allumaient au ciel.

Le sergent voulut reprendre un peu de vie à sa gourde, mais ses mains devenues bêtes ne le servaient plus.

« Ça y est pour de bon, » conclut-il en philosophe.

Alors, de sa voix rude, ébréchée par la mort prochaine, il entonna :

> Allons, enfants de la patrie,
> Le jour de gloire est arrivé!...

Il alla bien deux couplets, tandis que venait la nuit, et le vieux mourut chantant la *Marseillaise* auprès du gentilhomme déjà glacé.

Et, comme la mer montait toujours, le même flot leur fit un même linceul.

# LE TÉMÉRAIRE

Après les désastres de Morat, Charles de Bourgogne à Salnis, à Dijon, à Bruxelles, à Luxembourg, avait convoqué les états pour avoir de nouveaux subsides et de nouveux soldats. Mais tout le monde était fatigué de son arrogance et de son obstination. Ceux de Bourgogne furent réservés dans leur réponse, les Flamands furent insolents, ceux même de la Comté opposèrent toute espèce de bonnes raisons à leur vénéré seigneur.

Indigné, consterné, stupéfait d'un tel abandon, Charles se retira dans son château de la Rivière, entre Pontarlier et Joux.

En une chambre haute de la grosse tour, il restait des journées entières muet et terrible. Parfois, sur un mot, sur un bruit, il entrait en d'effrayantes colères, où il se portait aux dernières violences.

Il ne tolérait plus près de lui que deux hommes : l'un, son fou, le Glorieux; l'autre, un capitaine d'aventure, qu'on nommait le comte de Campo-Basso.

C'était un Italien de Naples, qui avait un passé ténébreux. Grand, sec, noir de poil et de peau, l'œil cruel, la dent aiguë, ce *condottiere* avait, on ne sait comment, conquis les bonnes grâces du duc, qui même lui avait fait don de sa ville de Commercy.

Affaissé dans une grande chaise, son rude visage creusé, comme brûlé par la fièvre intérieure qui le dévorait, le duc Charles fixait de ses yeux mornes la tapisserie qui couvrait la muraille.

Le sujet représenté était l'engloutissement dans les eaux de la mer Rouge de l'armée de Pharaon. L'artiste avait imaginé des flots pourpres qui semblaient du sang. Des Égyptiens s'y tordaient avec des visages et des gestes de démoniaques. C'était effrayant et grotesque.

Le Glorieux tirait les oreilles à un grand lévrier, qui parfois retroussait sa lèvre avec un grognement, et Campo-Basso, bien arrangé entre des coussins, grattait une guitare tout en chantant doucement une mélodie de son pays.

Le Glorieux bâilla :

« Fi ! dit-il, as-tu perdu l'esprit, seigneur Hercule ? Chanter de pareilles choses profanes quand nous allons entrer dans les ordres !

— Que veux-tu dire ?

— Ne vois-tu pas que notre maître réforme sa conduite et renonce pour toujours à la vaine gloire du monde ?

— Tais-toi, bouffon ! dit tout à coup le Téméraire d'une voix terrible, tais-toi, si tu tiens à ta chétive vie ! »

Mais le Glorieux railla bravement :

« Voilà bien, maintenant, les exploits qui te conviennent : le massacre des innocents, comme fit le grand Hérode. »

Charles n'écoutait déjà plus. La parole du fou sonnait sans éveiller de pensées, comme un grelot lointain. Déjà, devant ses yeux, les terribles visions étaient reparues : Granson, Morat ; Granson, la honte ; Morat, le sang. Et toute cette canaille triomphante, égorgeant sans pitié les plus nobles et les plus vaillants de ses fidèles !... Il avait pensé à mourir ; mais un espoir de vengeance inouïe, terrifiant, lui avait fait subir sa vie.

« Ah ! te voilà bien, Hannibal ! continuait le fou, comme s'il se fût parlé à lui-même. Le monde autrefois n'était pas trop grand pour ton rêve, maintenant tu te contentes d'une chambre. Notre frère Louis de France doit faire grande chère. »

« Méchant, voudrais-tu offenser ton seigneur! »

Puis à l'Italien, qui chantait toujours :

« Tais-toi donc, oiseau de malheur, qui chantes quand tant de pauvres femmes sont dans l'affliction et dans le deuil.

— Voyez ce beau mignon pour donner des ordres !

— Je vaux autant que toi, capitaine d'assassins, fleur de potence, gibier de Satan ! »

Grinçant les dents de rage, Campo-Basso fut debout d'un bond. Il tira sa dague et se jeta comme un furieux sur le bouffon, qui sauta derrière la chaise du duc.

Charles, que le bruit de la querelle avait arraché à son rêve, vit tout à coup cette sombre figure dressée devant lui et ce fer qui brillait au-dessus de sa tête.

Avec une force incroyable, il frappa l'Italien en plein visage, en criant :

« Méchant, voudrais-tu offenser ton seigneur ! »

Campo-Basso, livide, effrayant à voir, se tenait debout, crispant ses doigts au manche de sa dague. Du sang, échappé par le nez et la bouche, couvrait sa moustache et sa barbe.

« Va-t'en ! je te chasse ! Si dans un instant tu n'as pas quitté le château, je te fais pendre !

— On ne pend pas les gentilshommes, siffla l'aventurier, pas plus qu'on ne les frappe au visage.

— Je crois que le drôle a parlé de gentilhomme !

— Je le suis, Monseigneur, et de bon sang ! François de Bretagne est mon cousin ! »

Un rire pâle, un rire vide, mécanique, détendit le visage irrité du duc.

« Campo-Basso, le Glorieux m'ennuie. J'ai besoin d'un autre bouffon. Veux-tu sa place ? »

L'Italien eut un mouvement en avant de tout le corps, comme s'il allait se ruer sur le duc ainsi que sur une proie. Il se contint.

Après un regard mortel au prince et des mots de rage balbutiés, il gagna la porte et sortit.

Le Glorieux vint se jeter aux genoux de Charles.

« Ah ! monseigneur, disait le fou, gardez-vous bien de cet homme, car il vous veut mal de mort. »

Mais le Téméraire était retombé en sa stupeur. Dans le miroir terni de ses yeux passaient des scènes de sang, d'effroyables tueries, apaisantes comme baume pour ce cœur brûlé de vengeance...

Et, le lendemain, Campo-Basso reprenait son service auprès du duc, qui ne s'étonna même pas, ayant oublié.

. . . . . . . . . . . . . . . . . . . . . . . .

Le 4 janvier 1477, il faisait un froid terrible. La neige était tombée les jours précédents, et la campagne s'étendait endeuillé de blanc sous un ciel bas, couleur d'étain.

Monseigneur Charles de Bourgogne était venu assiéger Nancy, qui était à la dernière extrémité. Les malheureux habitants en étaient à manger les chiens et les chats après les chevaux ; d'aucuns s'essayaient déjà au cuir des chaussures et des harnais. On savait tout cela par les transfuges.

Mais René de Lorraine, en forçant les marches, avait pu arriver avant la reddition de la ville, et maintenant les deux armées, en face l'une de l'autre, s'observaient, attendant la bataille.

Le duc de Bourgogne était comme un frénétique depuis qu'on lui avait annoncé la venue des Lorrains et des Suisses :

« Ah ! ah ! disait-il, voilà enfin ces vilains ivrognes qui viennent à nous pour être châtiés ! »

Les capitaines étaient d'avis de refuser la bataille et de se retirer dans le Luxembourg.

Charles s'emporta et dit avec violence :

« Mon père et moi, nous avons su vaincre les Lorrains, et nous les en ferons souvenir. Par saint Georges, je ne fuirai pas devant un enfant, devant ce René de Vaudemont. Il faut donner la bataille ! »

Il se fit armer, le lendemain, de grand matin. Quand il mit son casque, le grand lion doré qui servait de cimier se détacha et tomba.

« C'est un signe de Dieu, » dit-il en hochant tristement la tête.

Puis il ajouta en se tournant vers le Glorieux :

« Où donc est Campo-Basso? Je ne l'ai pas vu depuis hier.

— Plût à Dieu que vous ne le voyiez plus jamais! » répondit le bouffon.

Le temps était très sombre, et par moments des tourbillons de neige aveuglaient les soldats. La bataille s'engagea pourtant. Les Bourguignons, affaiblis et démoralisés, lâchèrent pied au bout d'une heure.

Charles avait beau menacer, supplier, frapper de son épée ceux qui fuyaient, rien n'y faisait.

Enfin il se vit seul. Tous l'avaient abandonné. Le terrible duc de Bourgogne, dont la puissance avait ébranlé le monde, n'avait plus avec lui que son bouffon et un petit page italien, un enfant; on l'appelait Tullio.

Alors Charles, Charles le terrible, Charles le sanguinaire, ôta son casque qui l'étouffait, et le Glorieux vit des larmes qui ruisselaient sur ce pauvre visage tourmenté.

L'enfant pleura de voir pleurer; mais le fou, baisant le gantelet de fer, dit :

« Réconfortez-vous, mon cher seigneur. Des jours meilleurs viendront sans doute. La fortune des batailles est capricieuse. Haut le cœur, mon prince! et montrez que rien ne vous rompt, pas même l'adversité. »

Il parlait encore quand Tullio s'écria :

« Gardez-vous! gardez-vous! on vient à nous. »

C'était une troupe d'une dizaine de cavaliers.

Dans le brouillard blanc que faisait la neige, on ne pouvait pas distinguer s'ils portaient la croix de Saint-André ou l'écharpe rouge.

Le Glorieux tira bravement son épée, et se jeta devant son maître. Tullio tremblait de tous ses membres, et de peur et de froid.

« A qui êtes-vous? demanda le duc à haute voix, quand les cavaliers purent entendre.

Campo-Basso mit pied à terre pour voir de plus près sa victime.

— A monseigneur le duc de Bourgogne, railla une voix que le Glorieux reconnut bien, car il blémit.

— Si vous êtes à moi, ralliez-vous à ma suite, dit Charles, et tâchons de retrouver encore quelques-uns des miens. Je ne voudrais pas quitter ce champ de bataille en si petite compagnie. »

Alors le cavalier qui avait salué le premier s'avança vers le duc.

« Mauvaise journée, monseigneur, dit-il.

— Comment ! toi, Campo-Basso ? s'écria le Téméraire, qui venait de reconnaître l'Italien. Où donc étais-tu avec ta troupe ? Depuis deux jours nul n'a su me dire où tu étais.

— Je m'inquiétais des intérêts de Votre Seigneurie, » dit l'aventurier avec un mauvais sourire.

Tout en marchant, on était arrivé près d'un petit étang qui était glacé.

Le duc Charles allait tout doucement, en poussant des soupirs et en se lamentant tout bas.

« Tournez, tournez, monseigneur, dit vivement le Glorieux en étendant la main vers la bride du cheval, vous allez vous aventurer sur la glace, qui va rompre.

— Inutile d'aller plus loin, dit Campo-Basso d'une voix dure en poussant son cheval tout près du duc, car c'est ici, Bourgogne, que tu vas mourir. »

Il dégagea lestement de son manteau sa main, qui parut armée d'une longue dague, et frappa à la face le duc, qui se laissa aller sur l'encolure en disant :

« Méchant traître, tu m'as tué ! »

Le Glorieux porta un coup d'épée à l'Italien, mais la lame glissa sur le buffle. Il allait redoubler, quand un des cavaliers du condottiere le frappa traîtreusement d'un grand coup d'épieu, qui le jeta râlant par terre.

Le petit Tullio, qui pleurait et priait, ne put obtenir grâce. Un autre cavalier l'égorgea.

Cependant le duc de Bourgogne n'était pas mort.

Il se laissa donc aller sur l'encolure ; puis perdant l'équilibre, car il avait déchaussé ses étriers, par lassitude, il tomba sur la neige dans un grand bruit d'armure. Le cheval, effrayé, s'ébroua et s'enfuit.

Campo-Basso, dont les yeux étincelaient d'une horrible joie, mit pied à terre pour voir de plus près sa victime. Le duc Charles rouvrit les paupières et arrêta sur son meurtrier un regard si terrible, que celui-ci frissonna malgré toute sa rudesse.

Le Téméraire dit d'une voix ferme :

« Je t'avais comblé d'honneurs et de richesses... »

Puis il ajouta avec une grande amertume :

« Combien le roi Louis t'a-t-il payé ma mort ? »

L'Italien grinça des dents :

« Je n'ai travaillé pour personne, j'ai travaillé pour ma haine. Tu m'as frappé au visage avec le poing, je te frappe au col avec le fer. »

Le duc ferma les yeux, en murmurant avec un accent de dégoût suprême :

« Mourir du fait de ce pourceau d'Italie ! »

Campo-Basso se jeta sur Charles, et le frappa plusieurs fois avec une sorte de frénésie.

Le grand corps du Téméraire eut deux sursauts, puis se raidit pour jamais.

Quand il fut assouvi, l'Italien se releva. Il remonta à cheval, et, faisant signe à sa troupe, il partit au trot dans la direction de Nancy.

A ce moment, monseigneur René de Lorraine faisait son entrée dans sa bonne ville, enfin délivrée, et au milieu des acclamations du populaire.

# A MONTMIRAIL

*A Jacques de Bréville.*

Louis-Auguste Massart était né en 1763 à Melun. Son père, qui était établi marchand drapier rue de la Cathédrale, le plaça comme clerc chez maître Barricot, qui avait alors l'une des meilleures études de la ville.

Le jeune homme était sage, studieux, attentif, et tout faisait prévoir qu'il deviendrait un notaire parfait quand éclata le tonnerre de la révolution.

Comme pour bien d'autres, cette grande date changea toute sa vie. Il avait accompagné son père dans un voyage que celui-ci faisait à Paris, et cela juste au moment où Danton décrétait la patrie en danger. Il s'enrôla, lui, cent millième, et courut annoncer ce bel exploit à son père, qui entra d'abord en fureur, ensuite pleura, et finit par lui donner un écu pour boire à la santé de la nation.

Les prédictions sinistres ne lui manquèrent pas : sa sœur Annette lui persuada qu'il serait tué à la première bataille, et son oncle Anselme, qui était droguiste, jura que jamais sa fille ne serait à ce petit drôle, qui ne manquerait pas d'être pendu comme rebelle quand le roi serait rétabli sur son trône.

L'oncle Anselme était royaliste et avait une fille qui était toute charmante. On la nommait Fanchette, et elle avait vu quinze fois rougir les cerises.

Malgré tout, quinze jours après ces scènes mémorables, Louis-Auguste rejoignait l'armée à Valmy et se battait sous Dumouriez. Il fut nommé sergent à Jemmapes. Ce fut son premier pas dans la carrière, il n'avait pas encore vingt ans.

Louis Massart était un beau grand garçon, solide comme un chêne. Il avait des yeux bleus pleins de douceur et un teint de demoiselle. Ses camarades le raillaient pour son aspect un peu féminin et l'appelaient « citoyenne »; mais au feu c'était un terrible soldat, à chaque rencontre il se distinguait, et quand Jourdan fut nommé à l'armée du Nord, Massart était déjà sous-lieutenant.

Toujours avec Jourdan, il fut à Charleroi et à Fleurus, et c'est encore avec ce général qu'il fit la campagne du Rhin.

Il demeura en Allemagne jusqu'en 1797. Vers cette époque il obtint un congé et courut montrer ses épaulettes à sa famille. Tout Melun l'admira. Son oncle, qui lui avait prédit un si fâcheux avenir, déclara qu'il serait la gloire des Massart et ne lui cacha pas qu'il ferait un joli gendre; mais à cette époque, bien qu'on parlât beaucoup de sensibilité, d'amour champêtre et des charmes de la nature, on n'avait guère le temps que de se battre, et le jeune homme, toujours garçon, dut bientôt rejoindre son corps.

Nous retrouvons notre héros capitaine à l'armée d'Égypte.

Un jour qu'il était allé porter des papiers à signer à Bonaparte, qui occupait le superbe palais de Mourad-Bey, il fut introduit par un officier d'ordonnance dans le jardin intérieur où le jeune général faisait sa sieste, près d'une jolie fontaine où l'eau coulait avec un bruit léger.

Bonaparte avait le réveil mauvais; l'officier, qui ne se souciait pas de tirer le général de son sommeil, dit à Massart d'attendre et le laissa fort embarrassé de son personnage. Au bout de quelque temps, comme Bonaparte dormait toujours, notre capitaine, qui trouvait le soleil un peu chaud, alla s'asseoir à l'ombre d'une touffe d'énormes cactus.

De l'endroit qu'il avait choisi, il pouvait surveiller le sommeil de son chef, et, quoiqu'il fût parfaitement dissimulé, son regard découvrait toute l'étendue du jardin. Il s'amusa d'abord à contempler les jolies arcades blanches qui faisaient au palais une ceinture de dentelle, les fleurs ignorées aux violentes couleurs, le ciel d'un bleu profond.

Rien ne troublait le calme lourd de cet après-midi d'Orient, que le bruit furtif de la fontaine.

La chaleur, le silence, le parfum pénétrant du jasmin, tout invitait au repos, et Massart luttait contre une très douce somnolence qui l'envahissait peu à peu, quand il remarqua un Arabe qui glissait sur le sable du jardin d'un pas velouté.

Tendant le cou, l'oreille au guet, l'œil attentif, il sortit de l'ombre que faisait la galerie, et se dirigea presque en rampant vers Bonaparte. Il n'était plus qu'à deux pas du général; alors Massart put bien voir l'expression féroce et triomphante de sa physionomie; il vit aussi qu'il plongeait brusquement sa main dans les plis de sa gandourah et qu'il la ressortait, armée d'un poignard.

Le capitaine prit son parti sans balancer. Il se leva sans bruit, parcourut en courant l'espace qui le séparait de l'Arabe, et le terrassa sans effort, profitant de sa surprise. Au bruit, Bonaparte s'était éveillé. D'un regard il comprit et appela :

« Mulnier ! »

L'officier d'ordonnance parut et resta stupéfait du tableau.

« Qu'on mette cet homme en prison et qu'on le garde avec le plus grand soin. Vous m'en répondez. »

Des soldats vinrent et prirent des mains de Massart l'Arabe, qui ne tenta aucune résistance et semblait résigné au sort certain qui l'attendait.

Quand tout le monde fut sorti du jardin, Bonaparte dit à Massart, qui enlevait avec la main la poussière qu'il avait aux genoux :

« Vous désirez, capitaine... ?

— Mon général, dit Massart, c'est pour ces papiers...

— Bon, venez dans mon cabinet. »

Il passa devant et conduisit le capitaine dans une grande pièce blanche et fraîche, où il y avait des divans, des tapis, une grande table couverte de cartes dépliées et deux chaises de paille.

Un à un, il examina les papiers de service, les signa et les remit à l'officier.

Massart fit le salut militaire et se dirigea vers la porte.

Soudain la voix de Bonaparte :

« Capitaine ! »

Massart tourna sur les talons.

« Mon général !

— Votre nom ?

— Massart, mon général.

— Quel régiment ?

— 6e grenadiers.

— Bien. »

Sur un papier, la main fine du Corse courait, prenant des notes.

« Ah ! j'oubliais, continua le vainqueur des Pyramides. Pas un mot à qui que ce soit de l'incident de tout à l'heure ; il ne faut pas qu'on croie qu'on peut me tuer. Vous avez compris ?

— Oui, mon général.

— Allez. »

Ce fut aussi en Egypte qu'il se lia avec un homme qui devait avoir une singulière influence sur sa destinée.

Puis il retira son petit chapeau, saluant les morts.

Philippe Dartois était capitaine au même régiment que Massart. C'était un jeune homme instruit, plein d'honneur et de courage. Ces belles qualitée étaient malheureusement ternies par une insupportable jalousie. Cette fâcheuse disposition était chez lui presque maladive; il souffrait réellement quand on complimentait un camarade en sa présence, et il fut malade tout de bon quand, après Jaffa, Massart fut nommé commandant.

Le jeune homme, qui était la bonté même et qui ressentait beaucoup de sympathie pour Dartois, fut très affecté de son chagrin. De son côté, Philippe luttait de toutes ses forces contre ses mauvais sentiments, et ce fut avec une réelle émotion qu'il embrassa son frère d'armes quand celui-ci s'embarqua sur le *Muiron*, pour rentrer en France avec Bonaparte.

Les deux amis se retrouvèrent à Marengo, tous deux colonels, et leur affection semblait devoir durer toujours, quand une circonstance fortuite vint la rompre brusquement. Pendant plus de quatre ans on cita les deux amis comme les modèles de la plus constante amitié, et lorsque Bonaparte, devenu Napoléon, obligé de lâcher l'Angleterre pour faire face à la coalition qui le menaçait, commença sa merveilleuse campagne de 1805, les deux inséparables commandaient chacun un régiment de la garde, Dartois le 2e, et Massart le 13e grenadiers.

A Austerlitz, quand il fallut jeter dans le gouffre la réserve qui devait décider de la victoire, l'empereur lança Massart et conserva Dartois près de lui. Massart, avec ses bonnets à poil, aborda le front de la garde impériale russe, qui défendait le plateau de Pratzen. Trois fois ces troupes d'élite attaquèrent, trois fois elles furent repoussées; mais Massart les ramenait toujours, toujours moins nombreuses. Enfin l'empereur, qui suivait tous ses mouvements avec une lorgnette, poussa un cri de joie : le drapeau aux trois couleurs flottait sur le plateau.

Le soir, passant dans les bivouacs, l'empereur aperçut Massart, qui, devant sa tente, essayait de raccommoder son uniforme, fort endommagé par les baïonnettes russes. Napoléon prit l'oreille du colonel.

« C'était chaud, Massart?

— Bah! sire, c'est toujours agréable, puisque nous sommes en hiver.

— Qu'est-ce que tu fais là?

— Vous le voyez, Majesté, je tâche de retaper mon numéro deux.

— Et ton numéro un?

— Oh! sire, les Prussiens l'ont mis en loques à Elchingen.

— Eh bien, mon vieux camarade, laisse là ton numéro deux et tes travaux, car tu n'as plus besoin de ton uniforme.

— Pourtant, sire, je ne pense pas me battre tout nu. Ça serait fort laid.

— Ce n'est plus ton uniforme, te dis-je! Va-t'en trouver mon maître tailleur, et dis-lui qu'il te fasse un joli habit de général de brigade.

— Oh! sire, murmura Massart, plus ému que devant un carré ennemi, que pourrai-je faire...

— Je n'ai rien oublié, Massart, dit l'empereur pensif en mettant sa main sur l'épaule de l'officier. Je suis sûr que Dieu me réserve pour de grandes choses; sans cela tu n'aurais pas arrêté le bras du fanatique qui allait me frapper. »

Il continua en entr'ouvrant sa tunique de chasseur et en montrant dans l'ouverture de la veste un manche de corne grossièrement incrusté de corail.

« Tu te rappelles?

— C'est le poignard du Caire.

— C'était écrit, » murmura Napoléon, qui continua sa ronde, silencieux et seul, tandis qu'autour de lui son armée de vainqueurs l'acclamait, rugissant de joie.

Quand Dartois apprit le nouveau grade de son ami, il donna libre cours à sa fureur jalouse et reprocha publiquement à Massart ce qu'il appelait ses intrigues. Massart, outré, le provoqua; mais l'empereur, prévenu, fit venir Dartois, lui lava la tête et lui défendit de se battre. Dans cette âme gangrenée par l'envie, la plaie s'agrandissait chaque jour, vive et brûlante. La paix l'enrageait; il aurait voulu l'action, le bruit, la bataille, pour s'étourdir de son mal.

Vint Iéna.

Il fut superbe, fou de bravoure et d'audace, raillant la mort avec un tel dédain, que l'empereur le remarqua et lui donna le grade qu'il rêvait.

Quand Massart apprit la nomination de son ancien ami, il lui envoya son planton avec un mot pour le féliciter et lui redemander son cœur. Le planton rapporta la lettre : elle n'était pas ouverte. Massart pleura.

Général de division après Friedland, il recevait dans les derniers jours de 1808 le bâton de maréchal, avec le titre de duc de Burgos et une pension de soixante mille francs. Il avait trente-six ans. En l'embrassant, l'empereur lui dit :

« Maréchal, tu dois avoir une famille quelque part; prends un mois de congé, va dire bonjour à tes parents et viens me retrouver en Allemagne, où j'aurai besoin de toi. »

Massart se mit en route. Melun lui fit une réception dont le souvenir n'est pas encore effacé. Il y eut des arcs de triomphe, des banquets et des jeunes filles qui récitèrent des compliments en vers. Massart passa sous les arcs de triomphe, trinqua aux banquets et embrassa les jeunes filles. Quand il fut en famille, dans sa petite maison, le terrible oncle, qui l'appelait maintenant Monseigneur, lui présenta en tremblant Fanchette, devenue une fraîche commère et qui avait épousé Narcisse Lebon, propriétaire de l'hôtel de l'*Anguille d'argent*.

« Ah! Fanchette, lui dit Massart, si tu m'avais attendu, tu serais duchesse. »

Pendant quinze jours, il goûta toutes les satisfactions de la vanité humaine ; mais cela l'ennuya bientôt, et son congé n'était pas fini qu'il partait pour l'Allemagne.

Quand il eut rejoint l'armée, il apprit une affreuse nouvelle : Dartois avait abandonné ses soldats, son drapeau, son empereur, et avait passé à l'ennemi.

Il était maintenant feld-maréchal autrichien dans l'armée de l'archiduc.

Le bâton donné à Massart l'avait rendu fou.

Eckmühl, Essling, Wagram, la Moskova, Moscou, et le feu, et la neige ; et puis Lützen, Dresde et Leipsick. Enfin l'ennemi en France.

Le soir de Champaubert, le maréchal Massart, campé à Vauchamps, revenait d'examiner les positions de sa division, et il allait rentrer dans la petite maison où il était logé, quand on lui frappa sur l'épaule.

Il se retourna.

C'était l'empereur.

« Où vas-tu? lui demanda Napoléon.

— Souper, sire.

— Tu m'invites ?

— Oh ! Majesté ! » dit Massart en poussant la porte pour le laisser passer.

Ils se mirent à table, et l'empereur mangea de bon appétit. Il y avait une omelette au lard, un poulet maigre, des fèves et des biscuits. Deux bouteilles de volnay, apportées des cantines impériales, arrosaient ce modeste repas.

L'empereur était de bonne humeur.

« Qu'est-ce que tu penses de la journée d'aujourd'hui, maréchal?

— Je pense, sire, que voilà les alliés coupés en deux comme ce poulet, » dit Massart, qui s'attaquait à la volaille.

Napoléon se mit à rire.

« Ce n'est rien encore, mais demain je bats Sacken à Montmirail... Qu'est-ce que tu as? »

Le maréchal venait de pâlir.

« Je ne sais, sire; c'est ce nom de Montmirail qui m'a frappé. C'est curieux ce que j'éprouve,... c'est comme une peur.

— Peur! toi, le héros d'Austerlitz!

— Oui, Majesté, peur. Il m'arrivera malheur demain.

— Bah! dit l'empereur, qui, superstitieux comme il était, se sentait frappé par l'accent de Massart, mais n'en voulait rien laisser paraître, bah! c'est de la fatigue; tu vas dormir cinq heures, et demain il n'y paraîtra plus. »

Après avoir pris son café, Napoléon se retira.

Le lendemain, qui était le 11 février 1814, comme le maréchal Massart allait prendre le commandement de sa division, — les maréchaux alors n'avaient plus que des divisions ou des brigades, — il passa devant l'empereur, qui l'appela de la voix et du geste.

« Maréchal, lui dit-il, je vais vous donner un poste d'honneur. Vous voyez là-bas la ferme de Hauteville; il faut vous y maintenir coûte que coûte pendant quatre heures. Tout l'effort de l'ennemi se portera sur vous, tandis que je le prendrai à revers et que je le culbuterai. Allez. »

Massart s'inclina et partit à fond de train pour prendre la tête de ses colonnes.

Il délogea deux régiments prussiens qui occupaient la ferme et s'installa avec six batteries et quatre mille hommes dans la position que l'empereur lui avait indiquée. Bientôt il eut toutes les forces alliées sur les bras. Il repoussa tous les assauts avec ses conscrits, qui se battaient comme de vieux soldats. Sacken, fatigué de cette lutte où il perdait beaucoup de monde, fit alors concentrer le feu de vingt batteries sur la ferme. Les canons français ripostèrent vaillamment; mais bientôt, broyés par la trombe de fer, ils se turent. Des trente-six bouches à feu, il n'en restait pas trois intactes. Ce fut alors que les alliés tentèrent une attaque générale.

Massart tira sa montre.

« Il faut encore tenir une demi-heure, » dit simplement le maréchal aux officiers qui l'entouraient.

Ceux-ci, d'un geste désespéré, montrèrent à leur chef les débris de leurs régiments et les masses profondes des ennemis qui escaladaient les premières pentes de la colline.

« N'importe, Messieurs, reprit le maréchal, j'ai promis à Sa Majesté de tenir quatre heures; il y a trois heures et demie que nous sommes ici. Ce n'est plus qu'une affaire de minutes : faites-vous tuer le plus lentement possible. »

Les officiers crièrent : « Vive l'empereur! » et allèrent reprendre leurs postes de combat.

Ce fut une lutte admirable. Chacun des petits soldats fut un héros, mais les ennemis étaient trop nombreux. Avec les quelques hommes qui restaient, Massart se retrancha dans les bâtiments de la ferme et fit dresser l'aigle, qui déplia sa soie au soleil pâle. Cette vue donna une force nouvelle à tout ce qui était debout. Les mourants eux-mêmes se relevèrent en trébuchant.

Le choc!

Des cris, de la fumée, du sang...

Massart, qui semblait invulnérable dans cette tempête, regarda l'heure.

« Encore dix minutes, Messieurs, » dit-il d'une voix tranquille.

Personne ne lui répondit. Il regarda. Autour de lui il n'y avait que des morts et quelques soldats lassés de tuer, qui, affaissés, attendaient la mort avec une résignation farouche.

Massart enleva le drapeau des mains du grenadier qui le tenait, et, l'élevant tant qu'il put, il cria :

« Au drapeau ! Laisserez-vous à l'ennemi le drapeau de la France? »

Une centaine d'hommes à peu près vinrent se grouper autour de l'aigle ; mais les habits blancs franchissaient les murs, et les balles pleuvaient toujours.

Le maréchal sentit soudain à la hanche comme un coup de fouet et chancela.

« Au drapeau ! » répétait-il d'une voix stridente.

Tout à coup un cri, qui domina le fracas de la bataille :

« Massart ! Massart ! tiens bon, je viens ! »

Et, fendant les rangs des ennemis, qui n'étaient pas à trente pas, un homme parut.

Il courait pour venir jusqu'au maréchal, et tout en courant il arrachait son uniforme brodé d'or.

Quand il fut tout près du drapeau, il s'arrêta, le regarda, cassa son épée sur son genou, et, ramassant un fusil de grenadier, il vint se mettre aux côtés du maréchal.

« Dartois ! » murmura Massart tout bas.

Alors ce fut sublime.

Cramponnés au drapeau, les deux hommes se laissèrent hacher plutôt que de le rendre. On s'acharna sur eux ; mais ils semblaient plus forts que la mort.

Soudain des commandements, des claironnées, des appels, et, comme un troupeau qu'épouvante l'orage, toute l'armée des alliés s'enfuit en désordre.

L'empereur !

Il arrivait au galop de chasse de sa jument, poussant tout devant lui, culbutant kaiserlicks et cosaques, canons et soldats, invincible encore.

Devant la ferme, il s'arrêta.

Toujours debout, Massart et Dartois tenaient l'aigle. Napoléon reconnut le déserteur d'autrefois. Il posa sur lui son regard lumineux, qui avait compris le sublime remords.

Alors Dartois fléchit, et il dit :

« Pardon.

— Debout, Dartois, tout est oublié.

— Je ne peux plus, sire.

— Adieu, Majesté, » dit Massart, qui s'abattit près de son ami.

Napoléon passa sa main sur son visage pour qu'on ne vît pas une larme.

Dartois fit un effort, se souleva à demi, puis retomba sur la poitrine de Massart, qui râlait.

Le drapeau, que rien ne soutenait plus, s'abattit sur eux, faisant aux deux soldats un linceul magnifique.

Napoléon dit d'une voix brève :

« On les enterrera ainsi qu'ils sont, enlacés et enveloppés du drapeau ; mais auparavant je veux que toute l'armée défile devant eux et rende les honneurs. Les musiques joueront. »

Puis il retira son petit chapeau, saluant les morts.

# AU DAHOMEY

Le matin venait ; déjà les pointes d'or du soleil illuminaient comme des fusées le ciel d'un bleu de fer. L'horizon se dégageait des brumes que laissait traîner la nuit fuyante.

L'un des premiers sortis de son fragile lit de toile branlant sur quatre piquets, René Mornas, caporal à la légion, très troupier, un peu poète, contemplait, heureux, le merveilleux décor qui peu à peu se découvrait. Cela lui rappelait les féeries de son enfance où, pour l'apothéose, les gazes remontées une à une dévoilaient enfin les splendeurs peintes de la toile du fond.

Robustes et sveltes, les cocotiers et les palmiers semblaient s'étirer dans le jour venu. Plus loin, les enodendrons au tronc colossal prêtaient leur vigueur à l'épanouissement des magnolias parés de bouquets blancs comme des robes de noce. Barrant la vue, les manguiers jetaient leur sombre manteau de verdure sur lequel s'enlevaient les grêles découpures des mimosas. Aux troncs, aux ramures, partout, les lianes, les convolvulus, glissaient leurs caresses fleuries.

Et de la terre épaisse, chaude, montait une puissante odeur de nature féconde où perçait un grisant et fin parfum de réséda. Parfois une bouffée de brise amenait des aromes de citronniers, d'orangers, de bananiers, plus lointains.

Longtemps, bien longtemps, le petit soldat resta immobile, pris de cette exquise torpeur des pays de soleil. Il lui semblait que par tout son corps coulait un poison très doux, tandis que d'invisibles urnes versaient sur son front de rares et lourds parfums.

. . . . . . . . . . . . . . . . . . . . . . . . .

Une sonnerie, un tumulte, des coups de feu là, en face... Les noirs tentent une surprise, la brousse s'allume, et, parmi les branches, paraissent des lambeaux de fumée grise... Une sonnerie encore, des commandements, et voilà que Mornas se retrouve tout armé à sa place de combat, faisant le coup de feu avec les camarades.

La fusillade dura peu. Désireux d'en finir au plus vite, le commandant précipitait les feux de salve ; mais les noirs, dédaigneux du danger, fanatisés, terribles, chargèrent tout à coup comme des furieux.

Mornas, pris de l'ivresse de la poudre et du sang, déchargeait sans compter son arme sur toutes ces noires poitrines qui haletaient d'enthousiasme et de carnage.

Une balle venue d'en haut, — car les négros tiraient aussi juchés dans les palmiers, — culbuta son casque blanc, et sa petite tête blonde, presque rousse, d'ordinaire bonasse, apparut toute hérissée, tragique.

Alors, comme un fou, il se rua parmi les assaillants qui revenaient à la charge ; pendant un instant il goûta l'apaisante volupté de tuer, de sentir sa fine baïonnette crever des chairs renversées, de voir dans un éclair des yeux sanglants et blancs qui se fermaient pour toujours.

Ensuite une masse sombre l'environna. Il frappa encore, acharné, souple, subtil, devinant et parant, malgré sa folie, le coup qui devait l'abattre. Enfin il lui sembla que le sol fondait sous ses pieds ; il trébucha, se releva, éventra un guerrier et tomba, vaincu.

Il n'a pas perdu connaissance ; des mains prenantes et dures l'enlacent. Des cris. Un homme superbe, blessé, éclaboussé de rouge, qui

Une forme humaine se dressa devant lui.

hurle des ordres... On le soulève, on l'entraîne, on le force à marcher, et il marche, tout garrotté qu'il est de bras noirs.

Maintenant il est dans le bois, ce bois qu'il admirait il y a une heure. Aux narines lui revient, ironique, la fine senteur du réséda. Il marche encore. Brutalement, on le pousse, on le jette au pied d'un palmier. Il reste inerte, écrasant machinalement dans ses mains des sensitives dont l'herbe est étoilée.

Une seule pensée roule dans son cerveau : il est prisonnier, on va le faire mourir, et de quelle mort !

Un peu loin, toujours des clameurs avec le pétillement saccadé des coups de fusil, tandis que des perroquets criards fuient, apeurés, au-dessus de sa tête.

Le caporal, en une sorte de coma douloureux, demeurait là, abruti, veule, roulant toujours cette pensée qu'il formulait : « Ils vont me faire souffrir ; je vais souffrir ! » Il répétait sans cesse les mêmes mots, mâchonnant ses syllabes comme un gâteux, quand une forme humaine se dressa devant lui.

C'était une femme, une jeune femme, belle malgré sa peau noire. Sur sa tête crépue elle portait une calotte blanche où un petit crocodile bleu était brodé ; sur son torse fier, de nombreux colliers, des gris-gris, des amulettes d'argent remuaient. Une écharpe de cotonnade bleue et blanche se drapait sur les hanches, se confondant avec une sorte de caleçon rayé des mêmes couleurs, qui s'arrêtait au-dessus du genou. A la main elle tenait un fusil, à son flanc se balançait un sabre court, presque droit, à fourreau de cuir historié d'ornements de cuivre et dont la poignée, sans garde, était historiée de peau de requin. Ce sabre était retenu sur l'épaule par une lanière de cuir bizarrement découpée et ornée de cauris et de dessins rouges.

René Mornas distingua tous ces détails très bien, avec l'intensité de vision de ceux qui vont mourir.

L'amazone parla ; elle dit des mots très vite, dans un parler guttural coupé de syllabes chantantes. Le Français comprenait qu'elle s'adressait à lui. Bêtement, il remua la tête et dit même tout haut :

« Je ne vous comprends pas. »

D'autres femmes, vêtues comme la première, l'entouraient maintenant et vociféraient, violentes, tendant vers lui des bras avides où se choquaient des bracelets d'étain. Mais la jeune femme les écarta, et, prenant le soldat par les épaules, voulut le soulever. Lui, d'un élan fut debout, se raidissant de toutes ses forces pour être crâne, mais tout

On le force à marcher, tout garrotté qu'il est de bras noirs.

mouillé d'une sueur d'agonie, se rappelant les choses qu'on racontait...

Ils marchèrent, elle, ayant passé son bras à son cou comme une promise, lui, les jambes cassées, les reins mous, allant par saccades, ne tombant pas sur les genoux par une tension continuelle et horrible de sa volonté.

On s'arrêta bientôt devant un noir à l'air bestial, coiffé d'un chapeau de paille à larges bords et à ganse dorée. Un pagne de soie entourait ses épaules et venait se nouer à la ceinture. Aux pieds, il avait des sandales mandingues enrichies d'ornements d'argent. Pour tout bijou il portait un gros collier d'or servant de support à une sorte de petite cassolette travaillée à jour et renfermant quelque gris-gris vénéré.

L'amazone s'était prosternée, le front dans les herbes.

« Toi soldat ? demanda le noir en français.

— Caporal légion étrangère, répondit Mornas.

— Veux-tu pas mourir ?

— Voyons, c'est pas une demande à faire, répliqua le petit blond en traînant sa voix de Montmartre.

— Alors toi rentrer au camp colonel, toi pas dire avoir vu de moi, mais toi dire à moi, après, où va soldats et colonel.

— Mais tu t'en ferais crever, mon colon ! pouffa Mornas. Moucharder les camarades, tu ne m'as pas regardé ! »

Une gaieté nerveuse le secouait; un affreux rire qui le crispait et lui mettait aux yeux de grosses larmes. Ce fut court.

Behanzin dit simplement :

« Moi pas comprends. »

Pour toute réponse, le caporal siffla aux consignés.

Et ce n'était pas de la pose ; il était tranquillement crâne en cet instant, le petit soldat. Il savait qu'il allait mourir pour quelque chose de plus que les autres. Personne ne connaîtrait jamais son dévouement, qu'importe ! Il avait pour témoin son orgueil, et dans ses veines coulait une force merveilleuse pour braver tout à l'heure les tortures atroces.

Le roi nègre insista :

« Toi veux-tu sauver toi ? Faire ce que je dis toi faire ?

— Zut ! » conclut le caporal avec un juron.

Behanzin tapa du pied, agita la tête et cria des ordres que Mornas ne comprit pas ; mais les femmes se jetèrent sur lui et l'entraînèrent.

Ivre d'une joie surhumaine, transfiguré par la glorieuse pensée du sacrifice à la patrie, il allait droit comme à la parade ; mais un besoin fou de parler, de crier, lui fit cracher au roi de sang, qui le regardait encore de ses yeux lourds de bête sournoise, cette absurde plaisanterie qui faisait la joie de nos troupiers :

« Eh ! va donc, Bête en zinc ! »

Des pas, des hurlées, des coups. Pourquoi ne pas le tuer tout de suite ?

Tout à coup des noirs, fuyant, se jettent sur le groupe qui l'emporte. C'était, dans les hautes herbes, un furieux galop de déroute, un grouillement de corps sombres d'où sortent des cris de fauves traqués. Brusquement, sans savoir pourquoi ni comment, Mornas se trouve seul, et devant lui, à vingt pas, à dix pas peut-être, les Français, les hommes de la légion, les camarades, qui bondissent comme des chats dans la brousse, baïonnette au canon, enfin lâchés, chargeant le nègre...

Il tendit les bras dans un geste enfantin, ne pouvant plus parler, étranglé, et, après la mort si proche, si présente, il ressentit l'exquise douceur de vivre.

Il s'abattit, se roula dans la broussaille, riant et pleurant, fou.

Le soir, à l'appel, il était à son rang. Le lieutenant, un grand brun avec des yeux bleus de rêve, s'arrêta à son nom :

« Mornas ?

— Présent !

— Vous êtes blessé ?

— Oui, mon lieutenant.

— Il faut aller voir le major.

— Ce n'est pas la peine, mon lieutenant, dans huit jours il n'y paraîtra plus !

— Mais pourtant vous êtes touché là, là et là. »

La main fine et blanche indiquait des taches rouges.

« Qu'est-ce que ça peut faire, mon lieutenant; j'étais mort!

— Oui, je sais, vous avez été pris; mais pourquoi cet entêtement à ne pas aller à l'ambulance?

— Je vas vous dire, mon lieutenant, c'est qu'on dit partout que demain on va encore se battre. »

Et nous en avons beaucoup comme ça, en France.

# LE DRAPEAU

Lorsque Jean Kergriz revint à lui, tout d'abord il ne sut pas bien où il se trouvait. Il remarqua qu'il était couché par terre et que le petit jour venait, dans un vent frais sentant bon la campagne. Comme il était étendu sur le dos, il pouvait distinguer le rose de l'aurore qui s'en allait en petits nuages moutonneux, laissant libre un beau ciel gris perle que le soleil prochain ferait bleu.

Avec la vie, la douleur revint. Sa tête lui faisait mal ; il porta à son front un bras lourd et sentit sous ses doigts, au-dessus de l'œil, un bourrelet rugueux.

Alors il se rappela.

La veille, après une assez longue marche de nuit, le régiment était venu prendre position au revers d'une petite côte. Là on avait fait le café sans desseller les chevaux, et comme on finissait de remettre les *quarts* en place, un premier obus était venu éclater au milieu du deuxième escadron.

Il se souvenait très bien du cheval noir du lieutenant Maurel, qui, le garrot à moitié emporté par un éclat, courait, fou de souffrance.

Les cuirassiers étaient restés là près de trois heures, écoutant le canon, recevant des obus, qui de temps en temps éclaboussaient de fer et de feu les cavaliers.

Enfin, sur un ordre donné, toute cette masse d'hommes et de chevaux s'était remuée, les trompettes avaient sonné la charge, et l'on était parti au petit trot.

En haut, c'étaient des houblonnières qui s'étendaient jusqu'à un petit bois, d'où les coups de fusils partaient nombreux.

Alors le colonel, un vieux maigre, tout blanc, avait crié : « En avant ! » et l'on avait pris le galop.

Parmi ces damnés piquets à houblon les chevaux allaient mal, se blessant à chaque instant et se défendant. Les balles passaient, déjà plus pressées, avec un bruit de soie égratignée, et des camarades tombaient.

Sans bien savoir comment cela était arrivé, Jean Kergriz se trouvait tout à coup presque seul, et, subitement, il voyait à dix pas deux Prussiens qui le visaient. Une chaleur monta au front du soldat, il étreignit son sabre plus fort.

Les deux coups partirent, et les balles passèrent sans le toucher. L'un des Prussiens se sauva en criant quelque-chose qu'il n'entendit pas. L'autre attendit, levant la baïonnette. Jean était déjà sur lui. Dans la fumée et dans cette minute, le Français le vit très bien ; c'était un grand fort garçon de vingt ans, blond et rose, avec des yeux dilatés qui semblaient deux larges fleurs bleues.

Le fantassin s'y prit mal ; l'arme érafla la cuisse de Jean, qui riposta par un furieux coup de pointe. Le Prussien lâcha son fusil et tomba à la renverse, en disant deux fois : « *Oh! Franzose! Franzose!* » Jean passa en fermant les yeux ; c'était la première fois qu'il tuait.

Il n'alla pas loin. Comme il arrivait aux abords du bois, son cheval s'effondra, manquant des quatre pieds, tandis que lui se laissait aller comme une masse, ayant la sensation d'une montagne qui s'écroulerait sur sa tête.

Et il se retrouvait maintenant vivant.

Il bondit dans le fleuve, qui s'entr'ouvrit et ne rendit rien.

Il remua les jambes, s'arc-bouta sur ses poings et se trouva assis. Alors, autour de lui, il regarda.

Son grand cheval bai, une éclaboussure rouge énorme au poitrail, était étendu tout près, raidi, les yeux vitreux. A droite, à gauche, d'autres chevaux morts, puis des Prussiens et des camarades morts aussi.

C'était la guerre.

Jean Kergriz se leva, et bien qu'il fût faible et que sa tête pesât très lourd, il marcha à grands pas, allant tout droit, suant la peur, affolé de tous ces regards ternes qui se fixaient sur lui, n'ayant qu'un désir : fuir ce charnier encore plus hideux sous les caresses blondes du soleil.

Soudain il s'arrêta, reconnaissant le lieutenant Hartmann, un Alsacien, le porte-étendard du régiment. Le vieux brave avait dans la mort toujours une allure farouche, le poil gris hérissé, la bouche tordue par un dernier juron.

Sous la tunique neuve quelque chose de rouge et de soyeux passait; Jean tira à lui; alors il vint du blanc et puis du bleu...

C'était l'aigle !

Un instant le soldat considéra, le roulant dans ses gros doigts, le haillon décoloré au vent de flamme de vingt batailles, et sans trop savoir pourquoi il pleura comme une bête.

Le drapeau ! C'était le drapeau, l'étendard du régiment ! Et la vue de cette loque sainte, retrouvée sous le flanc d'un cadavre, illumina brusquement l'obscure cervelle du paysan.

Jean Kergriz était parti pour la guerre sans enthousiasme. Il n'avait plus qu'un an à « tirer » ; le père possédait du bien au pays, et il savait une belle fille qui attendait patiemment les épousailles. Avec tout cela on ne fait pas un héros, et si l'on s'en était rapporté à l'avis du garçon, tout le monde serait resté tranquillement chez soi, sans aller en bataille, où l'on ne gagne que des coups.

Et voilà que tout à coup, devant le drapeau et le vieux mort, Jean comprit : il comprit le devoir, l'honneur, le dévouement ; il comprit pourquoi il y en a qui se jettent à la mort que crache la rude bouche des canons, pourquoi d'autres souffrent sans plainte le froid et la misère ; il comprit enfin tout ce qu'il y a de grand, de touchant, de formidable, de saint dans cette sublime abstraction : la patrie !

Tout en pétrissant de ses fortes mains le lambeau tricolore, il répétait comme pour mieux retenir la leçon sacrée qu'il venait d'apprendre : « Le drapeau !... mon drapeau !... mon pauvre drapeau !... »

Ah ! oui, « pauvre drapeau ! » car le victorieux d'autrefois s'en va maintenant vaincu, presque en fuite. Étreint en sa gaine comme en une cage honteuse, on entraîne l'aigle en arrière, chaque halte se marquant d'un désastre. Pauvre drapeau ! il ne passera plus dans les rues des villes prises, claquant, joyeux, dans le vent ! Il n'aura plus à Paris, au retour des triomphales campagnes, les pleurs des hommes et les sourires des femmes ; car jamais, jamais, hélas ! il ne flottera en terre allemande.

Tout cela vint à la pensée de Jean Kergriz, un peu confusément ; mais une idée restait très nette : c'était que jamais le drapeau de France ne serait planté en Allemagne. Cela l'obsédait. Le soldat ferma les yeux pour mieux réfléchir. Il resta un moment ainsi. Quand il releva les paupières, sa résolution était prise.

« Eh bien ! si, dit-il en jurant, on l'y plantera tout de même ! »

Puis étendant la main comme pour un serment sur le porte-étendard, qui regardait toujours de ses yeux figés, il dit encore :

« Sois tranquille, vieux, tu seras content. »

Il voulut ôter sa cuirasse, qui l'étouffait. En tombant il l'avait faussée, et comme il était faible encore du sang perdu, cette besogne lui donna beaucoup de mal.

Enfin il réussit et respira mieux. Avec des précautions infinies il roula le drapeau autour de sa hampe et se mit à la recherche d'un cheval. Beaucoup de bêtes couraient à l'aventure; d'autres au loin passaient en troupeaux, furieuses de faim et de blessures. Dans l'exaspération de la souffrance, les animaux étaient redevenus sauvages et ne se laissaient pas approcher. Jean Kergriz parvint cependant à saisir aux rênes un cheval noir, qui rongeait un tronc de bouleau. Il l'enfourcha et partit droit devant lui, un peu au hasard, se confiant à sa bonne étoile pour trouver le chemin.

Par un bonheur incroyable, il ne rencontra pas une patrouille ennemie. Il allait sans s'inquiéter des obstacles, franchissant tout au galop furieux de son cheval, s'arrêtant seulement dans les villages et dans les fermes pour demander sa route. Les paysans le regardaient, hébétés, abrutis déjà par l'invasion qui passait sur eux comme un flot qui monte. Les femmes se signaient, croyant voir le diable, ne comprenant pas comment cette seule culotte rouge allait en avant, tandis que des milliers d'autres troupiers français faisaient les étapes à rebours...

Qu'importait à Jean Kergriz tout cela! Il allait courant dans son rêve, ne voyant rien de ses yeux d'extatique. Il entendit pourtant à la sortie d'un bourg une vieille voix qui criait :

« Vive l'empereur! »

Le soleil baissait quand il vit, pas bien loin de lui, un grand ruban de moire bleue et verte.

C'était le Rhin.

Alors son cheval tomba sur les genoux. Il le releva, mais il tomba encore. Sans s'en inquiéter davantage, Jean Kergriz poursuivit sa route à pied.

Il franchit le fleuve dans un vieux bateau démoli, et, fou de joie, commença de gravir l'autre berge. Quand il fut en haut, il déroula son étendard et le planta en terre.

Des douaniers allemands l'aperçurent et coururent vers lui. Alors

Jean Kergriz leva le drapeau aux trois couleurs aussi haut qu'il put et hurla d'une voix de fou :

« Vive la France ! »

Et il lui semblait qu'il grandissait, que sa voix était un tonnerre, et que toute la terre germaine voyait l'étendard et entendait son cri.

A cinquante pas, les douaniers tirèrent. Il fut touché, mais ne sentit rien, criant toujours et dressant toujours le drapeau, ivre de la sublime ivresse des martyrs.

Encore deux coups de feu. Cette fois Jean tomba ; mais le drapeau resta debout, maintenu au sol par sa main robuste. Pourtant il vit le danger. Des hommes, maintenant près de lui, criaient des mots inconnus, faisant des grands gestes. Alors avisant une pierre énorme, monstrueuse, qui se trouvait là, le soldat mordit son drapeau, le saisit bien dans ses dents et se baissa pour soulever la masse. Deux fois, ses bras raidis, tout son corps bandé dans une tension furieuse, ne purent soulever la pierre. Enfin, d'un effort suprême qui lui fit jaillir le sang de la face, il l'arracha et courut en trébuchant jusqu'à la haute berge.

Les Allemands le touchaient presque... Mais lui, radieux, superbe de l'œuvre accomplie, sûr de rester couché au fond de l'eau avec son drapeau pour suaire, bondit dans le fleuve, qui s'entr'ouvrit et ne rendit rien.

---

# ROIS DE MER

*A Henri Frichet.*

C'était la fête de Ioul (Noël), chez Thorfinn, fils de Sigtrid, logmadr de Brattalid.

Il recevait noblement ses hôtes, qui étaient des jarls fameux, des champions intrépides, tous vikings.

Dans la grande salle de sa maison de bois, il y avait un beau festin. On riait, on buvait, et l'on se voyait tout rouge dans la fumée qui venait des grands foyers flambant aux deux bouts de la salle.

La bière et l'hydromel ne manquaient pas, et je criai de joie, comme les autres, quand on apporta, sur un grand plat d'argent, le porc rôti tout entier, qui semblait se tenir debout. Il avait des pommes entre les mâchoires, et sur la tête des guirlandes de feuilles.

J'étais à côté d'Erik, fils de Sigmund, un vrai frère des baies, avec qui j'avais autrefois exercé mon droit de pillage sur les côtes de Frise.

De le revoir je fus content et je le lui dis.

Il me serra la main et me dit à son tour :

« Et moi, ta vue me réjouit, Kétil, jarl de Skalholl. »

Il emplit nos deux cornes cerclées d'argent, puis il leva la sienne et me dit :

« Je bois à toi, Kétil Leïfsonn ! »

Je heurtai ma coupe à la sienne :

« A toi je bois, Erik le Viking ! »

Il était magnifiquement vêtu. Il portait un manteau de drap rouge tout brodé de soie ; à son cou, un collier d'or pendait, et dans sa ceinture, sur des plaques émaillées, étaient enchâssées des pierres brillantes de toutes les couleurs et qui regardaient comme des yeux de femme.

Je lui dis :

« Tu as fait de belles prises ?

— J'ai été jusqu'à Roudou (Rouen), avec Hastein. Nous avons pris la ville et pillé les églises ; il y a eu un grand butin. Pourquoi n'es-tu pas venu avec nous, toi qui as cinq dragons et plusieurs bateaux ronds ?

— Quand tu étais à Roudou, je ravageais les côtes de Norvège pour me venger du roi Harald, qui a tué mon frère Olaf. »

Il me demanda ensuite quels étaient mes projets, et si j'étais engagé dans quelque entreprise.

Quand il sut que j'étais libre, il parut tout joyeux et me dit :

« Je te parlerai demain d'une affaire qui peut être bonne pour nous deux. A présent, écoutons, car voici Bjarn, le bon scalde, qui se lève et va nous chanter quelque belle chose. »

Bjarn était un homme de haute taille, ses cheveux étaient bruns, mais les hivers y avaient déjà mis un peu de neige ; ses yeux brillaient comme des étoiles, et son teint était coloré.

Il prit sa harpe, préluda quelques instants et commença d'une voix forte.

Debout auprès du siège de Thorfinn, il chanta les amours du Nord, les amours de Hagbard et de la belle Signœ. Aux accents de sa voix attendrie, le cœur des guerriers tressaillait sous la cotte de fer.

Il chanta ensuite les splendeurs du Valhalla, le bonheur des héros, les exploits des vikings sur terre et sur mer, et je voyais autour de moi tous mes compagnons dont les yeux étincelaient. Moi je sentis que le sang me montait aux joues, et je saisis fortement la poignée de mon épée.

Il se tut.

Pendant un instant chacun resta silencieux; mais quand on vit le logmadr détacher ses bracelets d'or pour les donner à Bjarn, il y eut un grand tumulte de joie, et l'on se mit à boire de la bière et des liqueurs en l'honneur du scalde.

Tout à coup je vis Gunnar, jarl de Roshag, qui était debout. Il paraissait en fureur. De son épée, il frappa la table si rudement, que tout le monde se leva, et que Thorfinn dit :

« Qui donc fait un pareil bruit ?

— Il va y avoir du sang, me dit Erik. Tu ne connais pas Gunnar? C'est un méchant homme qu'on redoute parce qu'il est fort, et qui cherche toujours quelque mauvaise querelle. D'ailleurs tu vas le juger. »

Le jarl parlait :

« Mon nom est Gunnar, fils de Koldr; j'ai six bateaux et trois cents guerriers qui sont mes hommes, et je viens vous dire à tous que ce méchant scalde a menti quand il vous a dit que Signœ, l'amie de Hagbard, était la plus belle. Je dis, moi, que la plus belle, c'est Frida, la fille de Leithioff, et qui est ma fiancée. »

Il y eut un grand silence.

« Y a-t-il parmi vous quelqu'un qui dise que le scalde n'a pas menti ? »

Je m'avançais déjà sans savoir ce que j'allais faire, tant l'insolence du jarl me révoltait, quand Erik me dit tout bas :

« Tiens-toi tranquille, cette affaire n'est point la tienne. »

Et à ce moment je vis le scalde Bjarn, qui avait tiré son épée et regardait Gunnar avec des yeux qui semblaient jeter des flammes.

« Gunnar, fils de Koldr, dit-il d'une voix tonnante, trois hommes depuis vingt ans m'ont outragé : il leur en a coûté la vie. »

Le jarl affecta de rire à ces paroles.

« Logmadr, continua le scalde en s'adressant à Thorfinn, logmadr, à toi je demande le combat contre cet homme, qui est un félon, un viking sans honneur et sans foi ! »

Alors Gunnar ne rit plus, et toute sa face se creusa.

« Donne le combat, Thorfinn, je ne serai pas long à faire taire cet oiseau bavard.

— J'accorde le combat, » dit enfin le logmadr, qui semblait soucieux.

Alors tous nous poussâmes des cris joyeux, car il n'y a rien de meilleur qu'un beau combat après un bon repas.

« Scalde Bjarn, dit Gunnar en s'adressant à son adversaire, j'ai cinq champions fameux : Hafden, Ingel, Rolf, Hiorolf et Vikar; choisis celui que tu veux combattre.

— Ce n'est pas tes champions que je veux combattre, dit Bjarn, c'est toi-même.

— C'est un plaisir que tu n'auras pas, car il ne me plaît pas de heurter le fer avec un homme aussi vil que toi. »

Bjarn devint rouge de colère, jeta son bonnet par terre et s'avança sur Gunnar, l'épée haute ; le jarl s'attendait à l'attaque : il repoussa son siège d'un coup de pied, sauta en arrière et tira sa hache de sa ceinture.

Mais on s'était précipité sur Bjarn et sur Gunnar, et on les empêchait de se joindre.

Et Thorfinn dit :

« Nos lois sont formelles, scalde, les as-tu donc oubliées ? Gunnar a le droit de faire battre ses champions à sa place.

— Soit, répliqua Bjarn, d'abord les esclaves, et après les esclaves je tuerai le maître.

— Voyons, décide-toi, disait Gunnar, qui ricanait. Lequel de mes champions veux-tu pour adversaire.

— Je les veux tous les cinq ! »

Gunnar se mit à rire pour tout de bon.

« Alors dis-moi par lequel tu veux commencer ?

— Je les combattrai tous les cinq ensemble ! » rugit Bjarn.

Tout le monde battit des mains ; moi je pensais que le scalde avait perdu la raison.

« Ne crains rien pour lui, me dit Erik, il est fort et adroit, c'est un viking renommé.

— Allons, logmadr, continua Bjarn en s'adressant à Thorfinn, désigne-nous le lieu du combat et finissons-en au plus vite.

— Venez tous, » dit Thorfinn.

Il se leva et sortit de la maison et descendit jusqu'à la mer. Arrivé au bord de l'eau :

« Voyez là-bas, dit-il, ce holm, cet îlot de sable que la marée laisse à découvert. C'est le champ clos que je vous assigne ; dans une heure le flot le recouvrira, la mer emportera le corps des vaincus et les enlèvera sur la crête des vagues pour l'offrir aux Valküres.

— Où sont tes hommes ? demanda Bjarn à Gunnar.

— Les voici. »

Je vis cinq hommes d'une taille colossale, et qui paraissaient d'une force peu commune. Ils portaient le bouclier, la hache et l'épée.

J'écartai Erik, et j'allai droit à Bjarn.

« Écoute, lui dis-je très vite, mon nom est Kétil Leïfsonn, je suis jarl et viking ; veux-tu que je sois ton homme et que je frappe le fer à côté de toi ? »

Bjarn me regarda un instant, me sourit, et, me serrant fortement la main, il me dit :

« Merci, frère des baies, je ne crains pas d'affronter tout seul les champions de Gunnar ; seulement donne-moi ton épée, au cas où la mienne viendrait à se briser. »

Je lui présentai mon épée par la poignée. C'était une arme puissante, que j'avais prise à Ottar, un fils du roi de Danemark, et que j'avais tué dans une rencontre, près d'Elsonœ.

« Je n'ai pas encore donné le signal, lui dit Thorfinn ; réfléchis encore, Bjarn, tu peux refuser le combat.

— C'est me faire injure, vieillard, que de parler ainsi. Gunnar a-t-il quelque autre champion à joindre à ceux qu'il a amenés ? »

Je criai hourra, et tout le monde cria avec moi.

« Pourquoi t'emporter, Bjarn ? poursuivit le logmadr. Oublies-tu aussi cette loi des vikings, qui dit qu'il faut attaquer un homme seul, se défendre contre deux, ne pas céder contre trois, mais qu'on peut sans honte fuir devant quatre ?

— Assez de paroles, » dit durement le scalde.

Il mit sur sa tunique une fine chemise de mailles, plaça son heaume à nasal sur sa tête, et, portant d'une main les deux épées, il entra dans la mer pour gagner l'îlot.

Les cinq champions le suivirent. Quand il fut arrivé sur le holm, il cria à Thorfinn :

« Donne le signal, logmadr ! »

Il avait planté mon épée derrière lui dans le sable, et tenait la sienne, prête à frapper.

« Allez ! » dit Thorfinn.

Les cinq champions de Gunnar marchèrent aussitôt vers Bjarn. Ils s'avançaient en demi-cercle et cherchaient à l'entourer.

Mais le scalde ne leur en laissa pas le temps.

Il bondit, d'un bond prodigieux, à l'extrémité de la ligne des assaillants, du côté de la terre.

Rolf, qui occupait cette place, fut surpris par l'attaque. Il n'eut pas le temps de se mettre en défense. D'un coup de taille, Bjarn lui trancha le genou.

Alors les quatre autres champions de Gunnar se dispersèrent. Cette fois, le scalde était menacé de tous les côtés.

Il balança une minute, puis il prit son élan et se jeta sur Ingel, qui l'attendait l'épée haute. Mais aussitôt les trois bersekirs, le voyant prendre son parti, se précipitèrent sur lui.

Il était trop tard : Ingel, le crâne fendu, était déjà sur le sable.

Tout mon corps tremblait. J'aurais voulu être à côté du brave viking et donner de grands coups; je regardai autour de moi, cherchant quelqu'un à défier. Je vis Gunnar, qui mordait ses gants avec rage.

Cependant le scalde n'était pas encore vainqueur.

Les trois champions qui restaient debout marchaient vers Bjarn, serrés l'un contre l'autre.

Le viking s'était un peu reculé pour se mettre bien sur ses pieds ; ensuite il prit son épée à deux mains et la leva au-dessus de sa tête.

Bientôt les combattants furent aux prises.

Les coups furieux qu'ils se portaient résonnaient sur l'acier des casques. Hafden trébucha et tomba, la gorge ouverte.

Bjarn recula encore d'un pas.

Son heaume était fendu, du sang coulait entre ses yeux.

Personne ne criait plus. Il me semblait que j'avais des chaînes qui me serraient la poitrine.

« C'est moi, Vikar, qui t'ai blessé, dit le champion.

— A toi, Vikar, qui m'as blessé ! » riposta Bjarn en se jetant sur son adversaire.

Mais, aveuglé par le sang, il prit mal son élan, et il reçut d'Hiorolf un coup de revers qui lui entama l'épaule.

« Hourra ! hourra ! » criaient les hommes de Gunnar en voyant le scalde chanceler..

Alors Bjarn recula encore, planta son épée en terre, arracha son heaume et essuya son front.

Mais Hiorolf et Vikar ne lui laissèrent pas un long répit. Sûrs désormais de la victoire, ils marchaient vers Bjarn blessé. Ils chantaient le refrain de la chanson de Hakôn :

Nous pouvons mourir; nous avons bien frappé avec la hache.

Bjarn parut se ranimer et, sans les attendre, courut sur eux.

Par malheur, au moment où il levait son arme, la garde ruisselante de sang glissa de ses mains, et l'arme alla tomber à quelques pas de lui. Hiorolf courut la ramasser, tandis que Vikar se ruait sur le scalde désarmé.

J'enfonçais mes ongles dans mes mains.

Je ne croyais pas possible qu'un homme si brave pût être ainsi tué comme un serf immonde.

Au moment où Vikar abaissait son arme, Bjarn se baissa brusquement. Emporté par son élan, Vikar culbuta, et tout le monde se mit à rire de la ruse du scalde.

Le bon guerrier ne perdait pas son temps.

Il courut jusqu'à la pointe de l'îlot, empoigna mon épée et fit face.

Un combat terrible s'engagea.

Au bout d'une minute un homme tomba : c'était Vikar.

« Ah! ah! dit alors Bjarn, nous voilà maintenant homme contre homme. Dis-moi, Hiorolf, veux-tu renoncer à la lutte et t'avouer vaincu ? »

Hiorolf ne répondit pas; mais, après avoir poussé des hurlements, voilà qu'un tremblement agita tout son corps; il écumait, ses yeux brillaient comme ceux d'un fou.

Je compris qu'il venait d'être pris de sa fureur de bersekir.

Il hurla encore trois fois et se jeta sur Bjarn, qui l'évita, mais le frappa au bras. Hiorolf continua de combattre. Bientôt une nouvelle blessure rougit sa poitrine : il resta debout. Enfin, le crâne fracassé, il s'abattit sans vie.

Bjarn était vainqueur.

« Voilà un combat dont on parlera, » me dit Erik.

Moi j'étais joyeux, et je pensais que c'était mon arme qui lui avait donné la victoire.

La mer montait, et sur l'îlot le scalde avait déjà de l'eau au milieu des jambes. Tandis qu'il ramassait les épées des champions, Rolf, qui n'était pas mort, essaya de frapper Bjarn, qui l'égorgea.

Le bon guerrier venait maintenant à travers le flot, nageant d'une main. Il prit pied à trois pas de Thorfinn, qui lui dit :

« Tu es vaillant comme Thor. »

Bjarn alla droit à Gunnar, qui faisait de tels efforts pour ne pas crier de rage, que les veines de son cou et de ses tempes étaient grosses comme des cordes.

Tout le monde faisait silence.

« Gunnar, lui dit Bjarn d'une voix forte, tes cinq champions sont morts. Maintenant, comme c'est mon droit, c'est toi que j'appelle au combat.

— J'accepte, Bjarn ; quand te plaît-il de combattre ?

— A l'instant.

— Non, il faut que tu prennes du repos ; demain.

— Demain, soit. Au holm où j'ai tué tes guerriers.

— Au holm.

— J'y serai.

— C'est bon. »

Le lendemain, Bjarn tua Gunnar, fils de Koldr.

Il le frappa d'abord au jarret, puis il l'acheva d'un coup de pointe.

En me rendant mon épée, il me dit :

« C'est une bonne épée ; regarde : son tranchant n'a pas une atteinte, et j'ai pourtant donné de rudes coups. »

. . . . . . . . . . . . . . . . . . . . . . . . .

Cela nous fut conté longtemps après par le jarl Kétil, fils de Leïf, sur son dragon qu'on nommait l'*Aigle cruel*. Nous n'étions pas aux rames, car le vent était bon, et nous avions pu hisser nos voiles peintes. Nous venions de l'embouchure de la Tamise, et nous allions au Valland, par la route des cygnes.

# JEANNE AUX COLOMBES

*A Abel Duteil d'Ozanne.*

Quand on eut pris Jargeau et Beaugency, le sire de la Trémoïlle, qui le savait par ses coureurs, vint avertir le roi que l'armée des Anglais s'avançait en belle ordonnance.

Cette nouvelle causa un grand trouble même parmi les plus vaillants.

Depuis bien longtemps les Français n'avaient gagné de bataille rangée sur leurs ennemis, et l'on balançait sur le parti qu'il fallait prendre. Le roi Charles tint une espèce de conseil sans descendre de cheval. Le maréchal de Boussac était d'avis de se mettre en retraite et d'attendre la bataille sous les murs de Beaugency; la Trémoïlle insistait pour qu'on adoptât ce conseil, malgré Dunois, la Hire et Xaintrailles, qui demandaient qu'on les laissât combattre.

On était fort perplexe, et le roi ne savait quoi décider. Le maréchal de Retz dit timidement que le connétable de Richemont n'était pas bien loin, qu'il avait douze cents bonnes lances, et qu'il ne demandait qu'à besogner pour le roi.

En entendant ces mots, Charles entra dans une grande colère, et dit que s'il rencontrait le connétable, il lui donnerait le combat.

En ce moment les rangs s'ouvrirent, et un nouveau cavalier pénétra dans le cercle formé par les capitaines. Il portait une armure blanche assez légère et était monté sur un grand cheval noir, qui semblait très vif; son casque était attaché à l'arçon, et son visage rose et ses yeux limpides étaient ceux d'un garçon tout jeune.

« Ah! voici Jeanne, dit le roi; sais-tu ce qu'il faut faire?

— Il ne faut plus délibérer, dit la Pucelle hardiment; les Anglais sont sur nous.

« Donnez bataille, gentil sire; en nom de Dieu, il faut combattre; quand les Anglais seraient pendus aux nues, nous les aurons, car Dieu nous les a envoyés pour les punir. »

La Trémoïlle voulut parler, Jeanne ne lui en laissa pas le temps :

« N'écoutez pas ce conseilleur; mon conseil à moi m'a dit que les Anglais étaient à nous. Gentil roi, tu auras aujourd'hui la plus grande victoire que tu aies jamais eue.

— Et que doit-on faire du connétable? demanda Dunois.

— Maintenant, dit Jeanne, il ne faut plus penser qu'à s'aider les uns les autres.

— Il faut faire comme elle veut, dit le roi; armez-vous, mes amis, et qu'on donne la bataille! »

Alors le sire de Bouteville, qui était des ennemis de Jeanne, dit tout haut :

« Puisqu'on écoute l'avis d'une péronnelle de bas lieu mieux que celui d'un chevalier, je ne me rebifferai pas contre. Au jour venu, ce sera mon épée qui parlera; j'y périrai peut-être, mais le roi et mon honneur le veulent; désormais je défais ma bannière et je ne suis plus qu'un pauvre écuyer. J'aime mieux avoir pour maître un noble homme qu'une vachère qui peut-être auparavant a été je ne sais quoi. »

Il plia, en effet, sa bannière et la remit à Dunois.

Jeanne devint toute rouge.

« Vous êtes un méchant homme, Bouteville, répliqua-t-elle les larmes aux yeux; je ne vous ai jamais fait de mal, et vous m'insultez. Dieu vous pardonne. Allons, il est temps de combattre. »

Puis elle dit au duc d'Alençon :

« Beau duc, venez avec moi, je veux parler au connétable. »

Elle traversa toute l'armée, et les soldats criaient : « Noël ! » Elle répétait, en passant au milieu d'eux :

« Bataille ! bataille ! mon Seigneur m'a parlé, vous aurez bon marché des Anglais ! »

Quand elle fut en présence du connétable, qu'elle n'avait jamais vu, elle le salua courtoisement :

« Connétable, lui dit-elle, vous n'êtes pas venu de par moi, mais vous êtes le très bien venu. »

Richemont lui répondit :

« Jeanne, on m'a dit que vous vouliez me combattre ; je ne sais si vous venez de Dieu ou non. Si vous êtes de Dieu, je ne vous crains en rien, car il sait mon bon vouloir ; si vous êtes du diable, je vous crains encore moins. »

La jeune fille se mit à rire.

« Richemont, Richemont, ne crains rien de moi ; et quant au diable, il est avec les Anglais. »

Elle alla ensuite reprendre sa place de bataille et se fit armer par son écuyer.

La Hire se trouvait près d'elle avec sa compagnie.

« Jeanne, lui dit le rude capitaine, vous serez contente de moi ; depuis Orléans je n'ai pas juré une fois le nom de Dieu, comme je vous l'ai promis.

— Merci, la Hire, mon Seigneur te saura gré ; mais il ne faut pas trop te contraindre, et, quand l'envie te tourmentera trop fort, je te permets de jurer par mon bâton.

— C'est peu de chose, » fit la Hire.

Jeanne s'adressa ensuite à Dunois.

« Bâtard, bâtard, as-tu de bons éperons ?

— Comment ! s'écria le capitaine, devons-nous fuir ?

— Non, certes, puisque je vous dis que nous aurons bon compte des Anglais ; nos éperons nous serviront pour les poursuivre. »

A petite distance des lignes françaises, on voyait les Anglais se former en masses épaisses.

« Faut-il leur courir sus ? demanda Dunois.

— C'est le moment, répliqua Jeanne. Tirez avant ! tirez avant ! Je vous dis qu'ils sont à nous ! Bertrand, lève ma bannière !

« Bâtard, continua-t-elle en piquant son cheval, je gage que je suis avant toi dans leurs batailles.

— Par mon bâton, cria la Hire en partant au galop, j'y serai avant vous deux ! »

La bataille fut courte, et la victoire éclatante. Les gens de France, conduits par cette petite bergère, étaient désormais invincibles. Talbot fut pris, et Falstaf tourna le dos. Deux mille Anglais restèrent sur la place.

Durant tout le combat, Jeanne était restée au premier rang, ranimant les timides, excitant les vaillants. Un moment elle se trouva seule, loin de ses gens, et remarqua à quelque distance un chevalier français étendu, sur lequel s'acharnaient trois coustillers anglais.

Sans réfléchir au danger qu'elle courait elle-même, la bonne Pucelle les chargea, fendit la tête à l'un d'un coup de hache et mit les deux autres en fuite. Puis elle sauta à bas de son cheval et commença à défaire les courroies et les agrafes du casque, afin de donner de l'air au blessé. Quand le visage fut découvert, Jeanne s'écria :

« C'est le sire de Bouteville ! Dieu est bon de m'avoir permis d'aider ce pauvre homme ! »

Le chevalier resta un instant privé de connaissance ; enfin il ouvrit les yeux et reconnut Jeanne.

Il grinça des dents, se souleva comme il put, et la repoussa brutalement.

Les colombes entourèrent Bouteville, l'aveuglant.

« Arrière, fille damnée! veux-tu m'ôter la vie? »

Elle fut révoltée de cette injustice.

« Si j'avais voulu vous ôter la vie, je n'avais qu'à laisser faire les Anglais; vous seriez maintenant en présence de Dieu. »

Des chevaliers, qui avaient vu Jeanne aux prises avec des soldats, venaient à grande course, et la rage de Bouteville s'augmenta de savoir qu'il y avait eu des témoins à la scène qui venait de se passer.

L'un de ses écuyers, qui le cherchait, lui amena un cheval qu'il monta. Quand il fut en selle :

« Il y a de la magie en tout ceci, dit-il à Jeanne. Si j'en avais le pouvoir, je te ferais brûler. »

Et il s'éloigna la rage au cœur.

Hugues de Bouteville, seigneur de Rouçay, n'était meilleur ni pire que la plupart des capitaines qui entouraient le roi Charles. Moitié soldats, moitié bandits, ces chevaliers avaient presque tous mérité leur surnom d'écorcheurs. Quand l'Anglais manquait, on tombait sur le paysan de France ; il fallait bien vivre.

Mais hâtons-nous de dire que ces désordres, dus surtout aux malheurs du temps, disparaissaient très rapidement depuis la prise d'Orléans, depuis que le Dauphin marchait sur Reims, et que l'autorité royale reprenait de la force avec le succès. Bouteville, malgré tous ses vices, avait au moins une qualité. Depuis qu'il bataillait, il était toujours resté fidèle aux lys de France, et n'avait jamais traité ni avec Suffolk, ni avec le duc de Bourgogne. Brutal, orgueilleux au plus haut point, il avait méprisé du premier coup la bergerette qui devait sauver le pays, et, dès Chinon, il s'était rangé parmi les ennemis de Jeanne.

Aussitôt qu'il fut rentré dans sa tente, il se fit enlever ses armes et se remit aux mains du maître mire, que son écuyer avait été chercher. Celui-ci le tâta, le retourna, et finit par déclarer, dans un long discours en mauvais latin, que le noble seigneur n'était pas blessé, et qu'il avait failli être étouffé par le poids de ses armes, et qu'il n'avait besoin que de repos.

Il congédia le mire avec une pièce d'or, renvoya ses serviteurs, donna un coup de pied à son lévrier, qui hurla, puis il alla se jeter sur les tapis et coussins qui étaient amoncelés en un coin de la tente.

Une colère terrible grondait en lui. Jeanne, cette Jeanne qu'il détestait, elle l'avait sauvé!... C'était à se tuer! D'abord, comment était-elle venue juste à temps pour le secourir? Par quelque maléfice, sans doute! Et puis, demain, l'histoire sera connue. Les beaux seigneurs de cour vont le railler, le roi rira. Bouteville sauvé par une femme! Et quelle femme!

Il appela.

Un page parut.

Il lui commanda d'apporter du vin, et, comme il était fort échauffé et de la bataille et de sa colère, il but sans modération.

Le soir tombait, et la chaleur se faisait plus lourde. Il espéra dormir et ferma les yeux; mais alors, dans son esprit troublé, mille visions bizarres surgirent.

C'était à Chinon : devant toute la cour, Jeanne, tout armée, le traînait par une corde qu'il avait au col. Et lui, Bouteville, était vêtu d'une cotte de femme et portait en guise d'épée une quenouille. Puis la scène changea. Il était lié sur un lit et ne pouvait ouvrir les yeux. Tout autour, des rires montaient, d'abord furtifs, puis sonores, puis éclatants. Maintenant c'était une tempête d'insultante gaieté, et il savait que c'était lui la cause de toute cette moquerie.

Il fit un effort terrible pour rompre ses liens imaginaires et s'éveilla.

Un instant encore il crut entendre des ricanements; enfin il reprit ses esprits et se mit debout.

Tout était sombre. La nuit était venue.

Bouteville, qu'une chaleur ardente dévorait, voulut sortir. Il passa une robe de soie, mit à sa ceinture sa *miséricorde*, qu'il trouva sur un coffre, et souleva le rideau qui masquait l'entrée de sa tente.

Son écuyer dormait, couché en travers comme un chien fidèle, il enjamba son corps sans l'éveiller, et se trouva dehors.

« Relève-toi, Bouteville, » lui dit-elle.

Il faisait une admirable nuit sereine et douce : le ciel, d'une pureté de cristal et tout étincelant d'étoiles, semblait un dôme merveilleux tout fleuri de roses vermeilles. De molles bouffées de brises rafraîchissaient son front. Au loin, sur le versant d'une petite colline, les maisons du village de Patay paraissaient blanches et pressées comme des brebis assoupies. Longtemps il marcha parmi les tentes, les pavillons, le cerveau en feu, l'âme pleine d'amertume. Soudain, comme il venait de jeter les yeux dans un petit jardin au bout duquel se dressait une modeste tente, il tressaillit violemment.

Étendue sur le gazon, dormant doucement comme un petit enfant, c'était Jeanne.

La sainte fille, invitée par la fraîcheur de la nuit, avait préféré à sa maison de toile le gazon doux de la terre, le dais rayonnant du ciel bleu, et elle reposait confiante, caressée par le sourire amical des astres.

« Elle,... c'est elle,... » murmurait Bouteville avec un infernal accent de haine.

Et il serrait le manche de son poignard, et une atroce joie faisait briller ses yeux.

A pas glissants, il gagna la porte d'osier du petit jardin. Elle n'était pas fermée; il la poussa, et il n'était pas éloigné de Jeanne de plus d'une longueur de lance.

Autour de lui, il porta ses regards. Personne ne l'épiait : le grand silence nocturne semblait complice.

Il remarqua pourtant quelque chose d'étrange.

Sur le buisson qui protégeait la tête de Jeanne, il y avait, perchées, une multitude de colombes. Les blancs oiseaux ne dormaient pas, leurs yeux brillaient dans la nuit.

Cette blancheur veillait sur cette pureté.

Sans s'étonner davantage, Bouteville, emporté par la passion, fit deux pas, tira son poignard et leva le bras.

Jeanne dormait toujours.

Alors, ô prodige! les colombes s'envolèrent et l'entourèrent, l'aveuglant. Sur son visage passaient des ailes, ses mains s'alourdissaient sous des flocons de plumes... Le batailleur rugit, repoussant des épaules et des poings les défenseurs de la sainte; mais toujours revenait, plus serrée, plus épaisse, la nuée blanche des oiselets. Il se débattait, haletant, au milieu de cette neige vivante, et une peur lui venait, un trouble qu'il n'avait jamais ressenti. Il chercha à réagir, sentant glisser sa raison; il lutta encore et tomba sur les genoux, enfin vaincu.

Les oiseaux s'envolèrent; l'homme pleura.

En lui descendait maintenant une grande lumière; il eut horreur de sa vie passée, et il pleura. Il pleura sur ses crimes, il pleura sur les veuves et sur les orphelins, il pleura sur les morts, il pleura surtout en songeant au crime abominable qu'il avait voulu commettre et que la permission de Dieu avait empêché.

Quand il releva la tête, Jeanne était devant lui, debout, et lui souriait.

« Relève-toi, Bouteville, lui dit-elle; le diable t'a tenté, mais Dieu m'a défendue. D'ailleurs je ne pouvais pas mourir, ma tâche n'est pas faite.

— Pardon, pardon, murmurait le misérable, toujours les genoux en terre.

— De grand cœur je te pardonne, et je veux que tu sois mon ami.

— Je serai votre serviteur désormais. J'ai remis mon pennon entre les mains du bâtard d'Orléans, il y restera, je le jure sur ma parole; je ne veux plus être que le dernier de vos hommes d'armes.

— Laisse ta bannière à Dunois, si tu le veux; moi je t'en donnerai une autre.

— Laquelle?

— La mienne! Tu la porteras à mes côtés dans la bataille, et jamais elle n'aura été tenue par homme plus vaillant. »

Le soldat féroce baisa très doucement la main de l'enfant.

« Maintenant, continua Jeanne, va dormir et laisse-moi reprendre mon sommeil. Il faut être dispos demain, car nous bataillerons encore. »

# LA DAME DE BAYARD

*A Renel-Téner.*

Pendant toute la durée de l'année 1512, la guerre se poursuivait en Italie sans grand résultat, et le roi de France se courrouçait fort des lenteurs de ses capitaines.

Il confia le commandement de ses armées à Gaston de Foix, duc de Nemours, qui était son neveu. Le nouveau général avait à peine vingt-trois ans. Il n'avait encore fait la guerre que sous Trivulce et la Palisse; mais il était brave comme Roland, beau comme Amadis, et le soldat l'aimait pour sa jeunesse, sa bonne grâce et sa vaillance.

Après avoir débarrassé Milan des Suisses qui l'assiégeaient, Gaston vint à marches forcées jusqu'à Bologne, qu'il enleva la nuit, par une tempête de vent et de neige. Il eut la hardiesse et l'impétuosité qui font les victorieux, et remplit de terreur les meilleurs de l'armée du pape.

Comme les Vénitiens s'étaient emparés de Brescia, il marcha contre eux, les tailla en pièces devant les murs, reprit la ville par de rudes assauts, la livra au pillage. Il fit trancher la tête au comte Luigi Avogaro et à ses deux fils, qui avaient trahi leur serment donné jadis au roi de France. Tous ces succès avaient été remportés en quinze jours.

Un souffle de terreur passait sur l'Italie; car, il faut le dire, le soldat, encore mal discipliné, était dur pour l'habitant, et, au cours des pilleries, payait volontiers d'un coup de dague ceux ou celles qui commettaient la folie de se plaindre.

Néanmoins nous allons conter une histoire qui prouvera que, dans ces temps, on rencontrait encore parfois des hommes pleins de justice et de modération : c'est l'honneur du genre humain et en particulier de cette fin du moyen âge que de tels hommes et de tels actes s'y rencontrent çà et là, au milieu des violences de la guerre et de la barbarie générale des mœurs.

Le chevalier Pierre de Bayard, seigneur du Terrail, faisait partie de l'armée de Gaston. C'était une fleur de chevalerie, et son renom s'étendait des Alpes à la Sicile. A Fornoue, il avait eu deux chevaux tués sous lui; plus tard, il était entré seul à Milan, et cette audace lui avait valu, de la part de Ludovic le More, les compliments les plus flatteurs et les propositions les plus brillantes. « Je n'ai qu'un maître au ciel, qui est Dieu, et un maître sur terre, qui est le roi de France, » répondit le bon chevalier, et Sforza le laissa partir en le comblant d'honneurs et de présents. Chaque combat était pour lui l'occasion d'une nouvelle gloire. A Barletta, il défendit un pont tout seul contre une armée : à Gênes, à Agnadel, à Padoue, il fit l'étonnement de tous ces vaillants, pourtant coutumiers de prouesses.

Bayard avait été grièvement blessé à l'assaut de Brescia : un coup d'arquebuse lui avait rompu la cuisse, et il se sentait si mal accommodé, qu'il dit au seigneur de Mallart, qui combattait à côté de lui :

« Compagnon, faites marcher vos gens, la ville est gagnée. Pour moi, je n'irai pas plus loin, car je suis mort. »

Il resta longtemps appuyé contre une poterne à moitié démolie, près de laquelle on l'avait tiré afin qu'il ne fût pas foulé par cette quantité de gens d'armes et de gens de pied qui pénétraient dans la cité conquise. Bayard tout doucement attendait la mort; il avait bien dévotement fait toutes ses oraisons, et, tranquille désormais, sans reproches et sans peur, il était tout prêt à paraître devant le tribunal de Dieu. Pointel, son écuyer, qui le cherchait depuis une heure, le trouva enfin en cette posture. Il se mit aussitôt à gémir et à se lamenter en voyant son maître en si méchant état.

« Pointel! Pointel! dit-il, il n'y a point de pitié à avoir sur moi. Je meurs ayant fait tous mes devoirs, et souhaite pareille mort à tous ceux qui, en la chrétienté, ont reçu ordre de chevalerie. »

Pointel, ayant appelé deux archers, fabriqua avec des lances et un manteau une sorte de civière, et fit transporter son maître dans la plus belle maison qu'il put découvrir. C'était le logis d'un fort riche gentilhomme, qui avait fui piteusement à l'approche des Français. Mais sa femme était demeurée à la maison avec deux filles d'une grande beauté qui, aussitôt qu'elles entendirent frapper à la porte, allèrent se réfugier au grenier, où elles se cachèrent sous des bottes de paille et de foin. La mère descendit très vite et vint ouvrir, car il n'y avait pas à tenter de résistance.

Le bon chevalier fut porté en une fort belle chambre, où la dame du logis le mena elle-même. Quand on l'eut désarmé et bien arrangé sur le lit, voilà que cette dame, se jetant à genoux, commença à l'implorer, mais dans un si mauvais langage français, que Bayard ne pouvait rien démêler de ce qu'elle demandait.

Le blessé lui dit alors en italien qu'il parlait et comprenait cette langue. Et voilà ce que lui disait cette pauvre femme :

« Noble seigneur, je sais bien que cette maison est à vous avec tout ce qu'elle renferme de par le droit de guerre; mais je vous supplie de me sauver l'honneur et la vie et de prendre sous votre protection mes deux filles, afin que personne ne les offense. »

Bayard lui répondit :

« Madame, je ne crois guère échapper à cette grande plaie, qui me fait bien souffrir; mais tant que je vivrai, à vous, ni à vos filles, il ne sera fait déplaisir. Gardez-les seulement en vos chambres, qu'elles ne se montrent point, et je vous assure que personne n'entrera en la maison sans votre consentement. »

Puis il donna ordre à Pointel de faire garder la porte de la rue par les deux archers qui l'avaient amené, et, toutes choses ainsi réglées, il pria qu'on le laissât seul, afin qu'il pût reposer un peu.

Quand la bonne dame le vit parler et agir de cette sorte, elle fut toute rassurée. Elle supplia de lui laisser querir un chirurgien pour le venir panser. Il y consentit, et elle se rendit elle-même, avec un des archers, à la demeure du chirurgien, qui était voisine. Cet homme, qui était, paraît-il, fort savant, visita la plaie du bon chevalier, il la trouva grande et profonde; toutefois il l'assura qu'il n'y avait nul danger de mort.

Monseigneur Gaston, qui avait en grande estime le sire de Bayard, lui envoya le lendemain son propre chirurgien, appelé maître Claude, qui depuis le pansa et le soigna avec beaucoup de sollicitude; mais, pendant cinq ou six semaines, il fut malade et obligé de garder le lit.

Un jour, comme il se trouvait seul en sa chambre, il voulut se lever pour voir s'il pourrait se soutenir. Après un pas ou deux, il tomba par terre, où il demeura privé de sentiment. La dame, prévenue par Pointel, qui avait trouvé son maître en cet état, envoya aussitôt querir le chirurgien, qui, dès que le bon chevalier fut revenu à la vie, lui fit de grands reproches sur sa témérité.

Mais Bayard, qui avait chaque jour des nouvelles du camp des Français, savait qu'une bataille se préparait, et il enrageait en pensant qu'il n'y serait peut-être point. Il répondit donc à maître Claude :

« Mon ami, dites-moi s'il n'y a point de danger à me mettre en chemin; il me semble que je suis guéri ou peu s'en faut, bien que je sois encore bien faible. D'ailleurs, je ne puis demeurer plus longtemps ici, et mon séjour, s'il se prolongeait, me serait certainement plus

« Compagnon, faites marcher vos gens, la ville est gagnée. »

nuisible que profitable, car je ne me tiens plus d'impatience. »

Le chirurgien, qui connaissait bien l'homme auquel il avait affaire, lui dit, après s'être un peu défendu :

« Monseigneur, votre plaie n'est pas encore close ; toutefois à l'intérieur elle est guérie, et, moyennant que tous les jours, le matin et le soir, votre barbier vous panse avec un baume dont je lui donnerai la recette, votre état n'empirera point. Il n'y a, en effet, nul danger, car le grand mal de la plaie est au-dessus et ne touchera point la selle de votre cheval. »

On aurait donné cent mille écus au bon sire qu'il n'eût pas été si content. Il résolut de partir dans deux jours, et commanda à ses gens de préparer les équipages.

Mais pendant ce temps, dans une autre partie de la maison du seigneur Arrighi, — c'était le nom du gentilhomme italien, — une autre scène se passait qu'il nous faut rapporter.

Regina et Bianca, les deux jeunes filles du logis, discutaient entre elles pour savoir laquelle des deux deviendrait la femme du bon chevalier.

Durant les longs jours de la convalescence, elles avaient, en effet, charmé tour à tour les ennuis du blessé, qui était tout réjoui par leur présence. Elles jouaient merveilleusement du luth et chantaient mieux que sirènes ; leurs plaisants visages, leurs voix, qui semblaient une musique, et la pureté de leurs beaux yeux faisaient prendre patience à Bayard, qui s'ébahissait fort de trouver, pour les remercier, des mots de galanterie et de fleuris compliments, qui sentaient plus le poète que le porteur d'estoc.

Les pauvres filles, le voyant si rempli de courtoisie, de douceur, de prudhomie, finirent par se persuader qu'il aimait l'une d'elles d'amour tendre, mais qu'il n'osait se déclarer de peur de chagriner l'autre.

Elles résolurent donc de s'en ouvrir à Bayard lui-même, et dans ce projet elles firent demander à Pointel si son maître pouvait les recevoir.

Le bon chevalier les accueillit avec sa courtoisie accoutumée. Après les premiers mots de politesse, Regina, l'aînée des jeunes filles, prit la parole en ces termes :

« Monseigneur, ces deux pauvres filles, à qui vous avez fait tant d'honneur de les bien garder, viennent requérir de vous grande grâce. Vous plairait-il de nous dire laquelle de nous deux vous avez choisie comme dame et épouse, vous assurant que celle que vous délaisserez s'estimera encore trop heureuse d'avoir une sœur aussi fortunée? Nous sommes à votre commandement et ferons selon votre bon plaisir. »

Quand il eut ouï cela, le sire de Bayard fut bien ébahi. Il répondit aussitôt :

« Mes damoiselles, je suis mille fois indigne de l'honneur que vous voulez bien m'octroyer; mais, par malheur, j'ai une dame déjà à laquelle je serai toujours fidèle, et pourtant, pour la première fois de ma vie, vos beaux yeux m'ont fait regretter mes serments. »

En entendant cela, les pauvres filles furent bien honteuses, et, sans ajouter un mot, remontèrent à leur chambre, où elles purent cacher leur chagrin.

Quelques instants après, la dame Arrighi, son hôtesse, entra en sa chambre, où elle trouva Bayard, qui se reposait sur une chaise, rêvant encore à l'aventure qui venait de lui arriver. La bonne dame se jeta à deux genoux, mais incontinent il la releva, et ne voulut jamais souffrir qu'elle dît une parole que d'abord elle ne fût assise auprès de lui. Elle commença ses propos de cette manière :

« Monseigneur, je remercie Dieu de la grâce qu'il me fit, à la prise de cette ville, de vous adresser en cette maison, car vous avez sauvé la vie à moi et à mes deux filles. De plus, depuis que vous y arrivâtes, ne m'a été fait, ni au moindre de mes gens, une seule injure; vos hommes n'y ont pris, des biens qu'ils y ont trouvé, la valeur d'un quatrain, sans payer. Monseigneur, je sais que moi, mes enfants et tous ceux de la maison sommes vos prisonniers, pour en faire et disposer à votre bon plaisir; mais, connaissant la noblesse de votre cœur, je suis venue vous supplier très humblement qu'il vous plaise d'avoir pitié de nous. »

Elle ajouta, en prenant une petite boîte d'acier qu'elle avait mise en entrant sur la table :

« Voici un petit présent que nous vous faisons. Plaise à Dieu que vous vous en contentiez ! »

Alors elle ouvrit la boîte devant le bon chevalier, qui la vit pleine de ducats. Le gentil seigneur, qui jamais en sa vie ne fit cas d'argent, se prit à rire et dit :

« Madame, combien de ducats y a-t-il en cette boîte? »

La pauvre femme eut peur qu'il ne fût courroucé d'en voir si peu, et répondit :

« Monseigneur, il n'y a que deux mille cinq cents ducats ; mais, si vous n'êtes content, nous vous en trouverons plus largement. »

Alors il dit :

« Par ma foi, Madame, tous les écus du monde ne vaudront jamais tous les bons soins que j'ai eus céans; en quelque lieu que je me trouve, vous aurez, tant que Dieu me donnera vie, un gentilhomme à votre commandement. De vos ducats, je n'en veux point et vous remercie; reprenez-les. Toute ma vie j'ai toujours plus aimé les gens que les écus. »

La bonne dame fut bien étonnée de se voir éconduite :

« Monseigneur, dit-elle, je me sentirais à jamais la plus malheureuse des femmes du monde si vous n'emportiez le petit présent que je vous fais, qui n'est rien au prix de l'obligation que je vous dois. »

Quand le chevalier la vit si ferme, il lui dit :

« Bien donc, Madame, je le prends pour l'amour de vous; mais allez-moi querir vos deux filles, car je veux leur dire quelque chose. »

La pauvre femme, qui était bien heureuse de ce que son présent avait été enfin accepté, alla querir Bianca et Regina, qui se défendirent d'abord, car elles avaient comme une honte à revoir le seigneur français. Elles furent amenées enfin devant Bayard, qui, en les atten-

Regina et Bianca jouaient merveilleusement du luth.

dant, avait divisé les ducats en trois parties : deux de mille ducats et une de cinq cents.

Aussitôt arrivées, elles voulurent se jeter à genoux ; mais le gentil sire les en empêcha, et Régina commença à dire :

« Monseigneur, toutes deux nous vous supplions d'oublier la démarche que nous avons faite tout à l'heure, et qui a tourné à notre confusion. C'était grande hardiesse de notre part de nous imaginer que nous étions dignes d'un tel chevalier que vous. »

Le bon Bayard, tout attendri de voir tant de douceur et d'humilité en ces deux belles filles, répondit :

« Mes damoiselles, vous n'avez pas besoin d'excuse, ni d'augmenter mon regret, car je suis bien empêché par l'amour que j'ai juré à ma dame. Mais pour vous remercier de tout ce que vous avez fait pour moi, laissez-moi vous faire un présent qui ne payera jamais les obligations que je vous ai. Voici votre dame de mère, qui m'a donné deux mille cinq cents ducats que vous voyez sur cette table. Je vous en donne à chacune mille pour aider à vous marier, et, pour ma récompense, vous prierez, s'il vous plaît, Dieu pour moi. »

Il leur mit les ducats en leur tablier, qu'elles voulussent ou non ; puis, s'adressant à son hôtesse, il lui dit :

« Madame, je prendrai ces cinq cents ducats à mon profit pour les départir aux pauvres couvents de dames qui ont été pillés, et vous en donne la charge ; car mieux que moi vous remplirez cet office. Et sur cela, je prends congé de vous. »

Puis il leur toucha à toutes la main, à la mode d'Italie, et elles se mirent à genoux, pleurant si fort, qu'il semblait qu'on les voulût mener au supplice. Ensuite, elles se retirèrent en leurs chambres.

Aussitôt après le dîner, le bon chevalier ne tarda guère à demander les chevaux, tellement il avait peur de ne pas être à la bataille, qu'il savait devoir être prochaine. Comme il sortait de sa chambre pour monter à cheval, les deux belles filles du logis descendirent et lui offrirent chacune un présent qu'elles avaient ouvré durant sa maladie ; il y avait deux jolis bracelets faits de beaux cheveux de soie, de fils d'or et d'argent, et aussi une bourse de satin cramoisi merveilleusement brodée et travaillée. Grandement il les remercia, disant que le présent venait de si bonnes mains, qu'il l'estimait plus que le prix d'un royaume, et, pour plus les honorer, il se fit mettre les bracelets aux bras et mit la bourse en sa manche, les assurant que tant qu'ils dureraient il les porteraient pour l'amour d'elles.

Il sauta ensuite légèrement sur le grand cheval noir qu'on venait de lui amener, et qui était celui avec lequel il guerroyait depuis plus d'une année. Alors, ne pouvant se tenir de joie de se revoir en tenue de guerre, il demanda sa lance, qui lui fut baillée, et il commença à donner de l'éperon au cheval, lequel fit quatre ou cinq sauts le plus gaillardement du monde; puis le chevalier lui donna une petite course en laquelle il rompit sa lance contre terre en cinq ou six pièces.

« Allons, dit-il, je crois que je pourrai batailler encore. »

Puis il tira sa bonne épée, et la montrant aux jeunes filles :

« Voilà ma dame à moi, s'écria-t-il. Rien ne prévaudra jamais contre elle. Je l'ai honorée du mieux que j'ai pu, et elle m'a toujours fait honorer de par le monde ; car elle est vaillante et fidèle. Aussi bien, voyez-vous, je ne pouvais recevoir votre foi, étant lié d'un lien qui ne se rompra qu'à la mort. »

Ceci dit, il sortit au petit pas de la cour de la maison, après avoir salué bien gracieusement Regina et Bianca, qui ne pouvaient retenir leurs larmes, quelque contrainte qu'elles s'imposassent.

# PACARD ET BERNIER

*Au colonel comte de Bermingham.*

Pacard et Bernier, tous deux sergents au 8e d'Orléans, commandant Froment-Coste. Les deux hommes se détestaient. Pourquoi? Qui l'aurait pu dire? Mais ils se haïssaient bien, d'une de ces solides haines qu'on a dans la peau jusqu'à la mort. Cinq fois ils étaient « sortis au sabre », comme on dit là-bas. Tantôt l'un, tantôt l'autre revenait avec la poitrine rouge; mais cela ne faisait que les exciter davantage, comme les coups de pique aux taureaux.

Ce jour-là, — c'était le 25 septembre 1845, — le 8e chasseurs d'Orléans sortait de Djemaa, flanqué de quelques hussards du 2e. Les soldats causaient.

« Paraît qu'on va avoir de l'agrément.

— Sais-tu où qu'on va?

— Marche toujours, la route est belle.

— Cré coquin de soleil!

— Macache bono!

— Zut! on cuit trop. J'vas envoyer ma démission. »

Ils étaient partis en deux heures. Le lieutenant-colonel de Montagnac, qui commandait le poste, avait appris dans la nuit que l'émir avait razzié les Souhalia, nos alliés, et, oublieux des ordres reçus, il se lançait à leur aide, croyant que l'honneur ne lui permettait pas de laisser sans secours ces basanés qui nous avaient donné tant de preuves de fidélité.

Ça va bien. On marche trois heures sous un soleil d'enfer, qui troue comme une gueule de four la chechia bleue du ciel.

Soudain deux hussards.

« Quoi de nouveau?

— Les Arabes, mon colonel.

— Nombreux?

— Ils barrent tout le sable.

— Eh bien, mes enfants, on va aller les voir de plus près. »

Montagnac prend ses hussards et deux compagnies, laissant à Froment-Coste le reste de son monde, et se porte en avant.

En passant, Bernier, qui s'en va, voit Pacard qui reste. Sa petite figure, noire, tannée, recuite, s'éclaire d'un rire.

« Paraît qu'on ne veut que des lapins, Pacard! »

Et Pacard, rouge et blond, soudain plus rouge de l'affront :

« C'est qu'on garde les hommes pour le coup de tabac, Bernier. »

Devant soi, rien que la terre rousse et le ciel bleu. Un grand silence inquiétant. On marche toujours, escaladant de longues houles de sable. Une dernière crête est franchie.

« Halte!

— Pardon, excuse, grogne Bernier, y a du monde. »

A cinquante mètres, une foule, une armée. Des chevaux, des hommes, des drapeaux, des haillons splendides de couleur sous le soleil; de l'or, de l'argent, de l'acier.

Puis une clameur, un défi. De rauques voix mâles hurlant ensemble à la mort; les *you-you* aigus des femmes s'y mêlent, des femmes qui sont derrière les guerriers, attendant l'heure du sang et de la curée.

Montagnac, surpris un peu de cette multitude, prit vivement ses dispositions de combat. Mais déjà, comme une volée d'oiseaux blancs rasant le sol, les cavaliers de l'émir venaient à toute bride, lâchaient leur coup de feu à portée et disparaissaient, glissant dans la poussière d'or.

Une des premières balles fut pour le lieutenant-colonel. On le vit porter la main à son cou, puis brusquement il s'accrocha à l'arçon, se balança une minute comme un mannequin désarticulé, et enfin tomba de cheval.

Quand il fut par terre, il essaya de parler. Il ne le put pas. Dans ses efforts, il éclaboussait de sang la face de ceux qui l'écoutaient. Avec un bout de crayon, il écrivit à Froment-Coste de venir au plus tôt, et il mourut étranglé par le sang qui bouillonnait dans sa gorge.

Autour de lui tout tombait : les réguliers de l'émir, venus derrière les cavaliers, couvraient la petite troupe de plomb et de fer. Les chevaux, les hommes culbutaient les uns par-dessus les autres, les chevaux en criant de douleur, les hommes sans rien dire, étourdis, abrutis, sous cette tourmente mortelle qui les fauchait.

Presque seul, Bernier, qui n'était pas encore touché, visait comme au tir, abattait son homme, rechargeait sa carabine et recommençait.

Dans l'insouciance du danger, il prenait un vrai plaisir à multiplier les difficultés, il choisissait des gens très loin ou des cavaliers qui passaient très vite. Quand ils tombaient, une joie silencieuse le gonflait, qui venait crever en un rire du coin de la bouche.

Et puis il pensait tout le temps :

« Ceux qui sortiront de là auront la croix. J'en sortirai, j'aurai la croix, et Pacard ne l'aura pas. »

C'est la mort pour tous désormais, toute proche et inévitable. Le commandant de Cognard, du 2e hussards, veut pourtant essayer quelque chose.

Il rallie ceux qui restent et gagne avec eux un petit mamelon où des jujubiers dressaient leur feuillage grêle. Derrière ce maigre abri on recommença le feu.

Sûrs désormais de leur proie, les Arabes rétrécissaient leurs cercles, pétaradant de toutes leurs armes. Bientôt quelques-uns apparurent, brandissant quelque chose d'horrible. C'était, au bout de leur yatagan, les têtes des camarades tombés un peu plus tôt.

Bernier eut un petit froid entre les épaules; mais il se remit vite et s'appliqua à viser avec un soin tout particulier un grand diable d'Arabe, presque un nègre, qui soulevait avec des cris furieux une tête qu'il connaissait bien, lui Bernier, une petite tête blonde et rose sur laquelle le soleil d'Afrique n'avait pas encore eu le temps de mettre sa griffe noire, celle de Chapot, un bleu, un Parisien, qui chantait des romances comme pas un.

Le coup partit. L'Arabe ouvrit les bras, laissant échapper sabre et tête, et s'écrasa comme une loque sur l'encolure.

Bernier eut son rire et commença :

« Eh bien, mon colon ?... »

Il s'arrêta net, jurant, sacrant, exaspéré. Sa main rageuse fouillait inutilement dans sa giberne.

Plus de cartouches !

Autour de lui il regarda. Trois, quatre hommes tiraient encore; les autres, n'ayant plus rien à faire, se couchaient.

Il allait les imiter quand il remarqua quelque chose d'effrayant subitement surgi d'un tas de morts. C'était un homme, c'était Cognard.

La face était écrasée par les balles, mais les deux yeux vivaient encore. Hideux, effrayant, sublime, il se secoua, ce qui fit une pluie pourpre autour de lui, et commanda :

« Debout ! tout le monde debout ! »

On hésita. Les balles rasaient le petit plateau avec un bruit d'ailes de mouches.

« Debout! cré mille tonnerres! »

Quinze hommes se dressèrent.

« Debout! Oui, je sais bien, nous sommes fichus, mais ce n'est pas une raison. Mourir pour mourir, faisons-le proprement! Allons, debout! debout! tas de flancheurs! »

Il rugissait.

Bernier prit la parole.

« Pardon, excuse, mon commandant; mais c'est que les autres sont morts.

— Ah! bien, mâchonna Cognard radouci... C'est différent. A présent, attention!... A droite, alignement! »

Les troupiers obéirent, mais deux hommes tombèrent.

« Fixe! »

Alors ce fut admirable. Redressé par cette voix d'homme, chacun des condamnés devint un héros. Les yeux tranquilles, il fixait l'ennemi, attendant le coup dernier. Tous ces soumis, tous ces humbles, grandis soudain par le sacrifice accepté, eurent une lueur en leur cervelle obscure, et ils goûtaient la joie idéale de la mort pour la patrie!

Les Arabes, se rapprochant de ce groupe devenu silencieux et immobile, le firent tomber sous leur feu comme un vieux mur qui, pierre par pierre, s'effondre.

L'un des derniers, le sergent tomba, la cuisse brisée.

« J'ai jamais eu de chance, murmura-t-il, pensant aux têtes brandies, v'là que je suis pas tué! »

Une claironnée tout à coup.

Bernier se redressa comme il put et vit Froment-Coste qui arrivait avec une compagnie au pas gymnastique.

« Bon! v'là le commandant! »

Il fouilla tous les rangs de son regard aigu.

« Bono bezzef, dit-il encore, Pacard y est pas! »

Il jubilait. Soudain il jura. Pacard! c'était Pacard! là-bas, en deuxième file! Ah! bon sens de bon sens! il n'avait jamais eu de chance! voilà Pacard à présent!

C'est Pacard qui l'aura, pensa-t-il.

Les Arabes venaient. Ils avaient déjà coupé trois têtes, trois pauvres têtes où Bernier ne voyait que les yeux, des yeux d'épouvante horriblement ouverts. Mais les chasseurs arrivent à la baïonnette. Bien que Pacard soit là, ça fait tout de même plaisir au sergent. On se bat furieusement sur les corps. Tout près de lui, un cavalier rouge de l'émir roule avec son cheval tué et reste engagé sous la bête. Le sergent rampe jusqu'à l'homme et l'étrangle. Voilà qu'un Kabyle le culbute, et il sent la pointe du flissa qui lui crève le dos. Puis un choc au-dessus de lui et une chute lourde. Il regarde.

« Nom de nom, c'est Pacard! »

C'est Pacard, Pacard, la baïonnette rouge, qui, plutôt ennuyé, considère Bernier.

Furieux, celui-ci :

« Je t'avais pas appelé ! »

Et l'autre, rageur :

« Je t'avais pas reconnu ! »

Ils n'en disent pas plus, restant haineux. D'ailleurs on n'avait guère le temps de causer. Joyeux de la nouvelle et facile victoire offerte, les Arbicos se ruaient en masse sur la pauvre compagnie du 8e déjà décimée. Le dénouement était proche. Pourtant, enlevés dans un élan puissant, les chasseurs crevèrent les premières lignes et firent un instant reculer les Arabes.

Péniblement hissé sur le cadavre d'un cheval, Bernier suivait des yeux le combat.

Une voix connue qui se plaignait lui fit tourner la tête.

Juste au même moment, il recevait une balle en plein corps. Il se tordit comme un ver piqué.

« Allons, j'ai mon compte ! »

En même temps sa bouche se remplissait de sang.

La voix se plaignait toujours.

Il regarda longtemps avant de voir, car ses yeux se voilaient, et aperçut enfin Pacard, livide, replié en deux, la face retournée d'une souffrance atroce.

Un instant Bernier hésita.

Enfin il appela : « Eh ! vieux ! »

Lourdement le sergent tourna vers lui ses yeux noircis.

« Touché, hein ? demanda Bernier.

— Dans l'ventre. As-tu de l'eau ?

— Core un peu.

— Donne, je crève.

— Oui, mais voilà,... faudrait y aller. »

On doit le dire, Bernier essaya. Il rampa trois pas, tirant sa jambe cassée, puis il s'aplatit.

« A boire ! à boire ! » râlait Pacard.

Bernier se souleva, puis retomba.

« J'peux pus, vieux, j'peux pus.

— J'vas essayer, » grinça Pacard.

D'un effort désespéré il changea de place, mais resta aussitôt roulé sur lui-même, clamant des hurlées d'agonie.

A l'endroit qu'il venait de quitter, le sable était vermeil.

Deux mètres à peine séparaient les deux hommes.

Bernier, la face terreuse, creusée, gagna encore un pouce. C'était grotesque et tragique, ces deux êtres maladroits, et grouillant comme des cloportes, s'efforçant vainement...

« Oh ! boire ! »

La voix était si lassée, si priante, que cela fouetta l'agonisant.

Bernier réunit toutes ses forces et se lança avec un « Aïe donc ! »

Il s'écroula près de Pacard, qui tendit les mains.

Bernier lui mit le bidon aux lèvres, et Pacard but.

Quand il eut séché le fond, il regarda Bernier avec un amour infini.

Bernier le regardait aussi, et dans ce regard de mourants il y avait tant de choses ! C'était de la bonté, du pardon, une tendresse, surtout un immense regret de ne pas s'être aimés.

« Mon vieux ! siffla Bernier.

— Mon pauv' vieux ! » souffla Pacard.

Ils moururent en s'embrassant.

# PALADINS

Assis sur un fauteuil recouvert de satin d'Alexandrie, le roi Marsile, qui a toute l'Espagne sous son pouvoir, devise avec ses émirs et ses comtes.

Marsile est dans son grand palais de Saragosse, dont les tours sont de marbre blanc et les escaliers de marbre bleu.

C'est un homme terrible; sa taille est élevée, ses yeux sont durs, et l'on dit qu'il peut porter de la main droite deux soldats tout armés.

« C'est bon, dit rudement Marsile; faut-il faire tant de façon pour ce comte Roland? Qu'il entre et qu'il parle librement. C'est son droit, puisque nous sommes en trêve, moi et l'empereur Charles. »

Roland entre en effet dans la salle; il n'est pas étonné du nombre de Sarrasins qui l'entourent; il en a vu plus encore en bataille. Il va droit à Marsile, le salue courtoisement et lui parle ainsi :

« Roi Marsile, que le Dieu de gloire que nous devons tous adorer vous protège. Je viens traiter avec vous, en bonne foi, de la rançon de mes deux pairs Engelier de Bordeaux et Bérenger de Tours, que vous avez comme prisonniers.

— Parle, dit le roi, je t'écoute, et si tes propositions sont bonnes, je les accepterai.

— J'ai là, sur des mules, reprit Roland, de la vaisselle d'argent ouvragée à merveille, des lévriers de Danemark, des cottes de fer de Saxe et des heaumes incrustés d'or qui feraient honneur à un roi.

— Qu'as-tu encore? dit Marsile.

— J'ai vingt faucons dressés, des épées de Bretagne et deux lions d'Arabie.

— Qu'as-tu encore? » dit Marsile.

Le preux frémit de colère, mais se contint.

« J'ai, reprit-il, un jeu d'échecs tout incrusté de pierreries, des sayons de soie brodée et deux mille pièces d'or.

— Qu'as-tu encore? » dit Marsile.

Le baron rougit de colère et répliqua d'une voix forte :

« J'ai encore Durandal, ma bonne épée; mais le païen qui l'aura n'est pas né. »

Le roi Marsile se redresse tout écumant et lève un javelot à la pointe d'or qu'il tient à la main, et il en percerait Roland si ceux qui l'entourent ne retenaient son bras. Le roi Marsile a changé de couleur, et son javelot tremble dans sa main.

A cette vue, Roland porte le poing à son épée; il en tire du fourreau la longueur de trois doigts et lui dit :

« Ma belle et glorieuse épée, tant que je vous porterai à mon côté en la cour de ce roi, jamais l'empereur de France ne pourra dire que j'ai péri seul sur la terre ennemie; auparavant vous m'aurez vengé dans le sang des meilleurs. »

Les émirs commencèrent à dire qu'il fallait les empêcher de se battre, et, sur les prières de ses principaux officiers, Marsile consentit à se rasseoir.

Valdabron, qui éleva Marsile, lui dit :

« Vous avez mal conduit vos affaires en voulant frapper le Français; il ne fallait pas repousser ses offres, qui sont d'un baron. »

Marsile ne répond rien, mais il brise ses javelots de colère.

Alors Roland dit d'une voix forte :

« Bien que nous soyons en trêve, païen, tu as levé une arme contre moi, il faut que cette injure-là se lave dans notre sang.

— Par Apollon, reprend Marsile, il ne sera pas dit que cet arrogant m'aura appelé deux fois. »

Et le voilà qui se lève et qui commande qu'on apprête ses armes. Mais Climorin, Escremiz de Valterne, Estorgant et Mauduit l'entourent et le supplient de ne pas combattre le comte Roland. Il est l'espoir de l'Espagne et ne doit pas exposer sa précieuse vie.

Cependant Roland s'impatiente et dit :

« Voilà un maraud qui est bien long à venir au pré. »

Mais Maucuidant, le fils du roi Malcud qui règne en Afrique, s'avance fièrement et lui tend son gant.

« Bien, dit Roland, alors c'est toi que je tuerai; je t'accepte comme champion du roi. »

Tous deux sortent et vont s'armer. Tout le monde les suit; on veut voir le beau combat qui va se livrer.

Voici Roland qui s'avance, monté sur son cheval Vaillantif; jamais on ne vit plus beau chevalier. Sa tête est couverte d'un heaume incrusté d'or fin; son haubert est d'acier bruni, son écu, de vermeil.

Il porte une lance de six-pieds, où flotte une banderole de soie bleue.

Maucuidant a aussi fière tournure; il monte son cheval qu'il nomme Saut-Perdu, contre lequel aucune bête ne peut lutter de vitesse. Le destrier est agile et ardent; il a

Roland regarde derrière lui et voit Marsile monté sur Vaillantif.

les pieds moulés, les jambes plates, la cuisse courte et la croupe large, les flancs longs et l'échine haute, la queue blanche et la crinière jaune, l'oreille petite et la tête fauve.

Les armes du Sarrasin sont éclatantes; il porte au cou un écu semé de diamants, d'améthystes, de topazes, d'esterminaux et d'ardentes escarboucles; sa lance a une banderole blanche et vermeille.

Le roi Marsile donne le signal; les bons chevaux bondissent comme des lions, les deux chevaliers s'atteignent. Dieu! quels coups! Roland frappe si violemment l'écu de Maucuidant, qu'après le choc il ne vaut pas un denier.

De son côté, Maucuidant brise à Roland l'écu sur sa boucle d'or pur et lui dirige sa lance le long du flanc, mais Dieu protège le paladin, et son corps n'est pas touché. Le fer le froisse, mais sans l'abattre.

« Voilà de vrais coups de baron! » disent les émirs attentifs.

Les deux combattants se sont séparés; Roland jette sa lance brisée, éperonne Vaillantif et tire Durandal, sa bonne épée. Il assaille Maucuidant, qui deux fois l'évite. Enfin le preux peut le frapper : il lui brise son heaume, où brillent des émeraudes, et lui fend la tête jusqu'aux dents.

Le païen tombe mort sur l'herbe verte; alors Roland lui dit :

« Je te l'avais annoncé, maraud! C'est pour toi grand dommage d'être venu ici; Mahomet ne viendra plus à ton aide! »

Les Sarrasins disent entre eux : « Voilà un grand malheur; c'était un bon guerrier. »

Le comte Roland descend de cheval et va droit à Marsile, qui grince les dents de fureur :

« Sire roi, lui dit-il, voilà une affaire terminée, et ton champion est mort; parlons un peu maintenant de la rançon de mes compagnons. »

Un méchant sourire glisse sur la figure noire du roi de Saragosse :

« Beau neveu de Charles, dit le païen, de tes présents je n'en veux aucun; mais Engelier et Bérenger seront libres si tu consens à me donner ton épée Durandal. »

Roland rougit d'indignation ; il tire son épée, qui luit au soleil comme une flamme.

« Hélas! dit-il, ma Durandal, toi si claire et si flamboyante sous le ciel bleu! Charles l'empereur était dans les vallons de Maurienne, quand Dieu lui envoya du ciel son ange pour lui commander de te donner à un vaillant capitaine; alors, le grand, le noble roi te mit à mon flanc. Avec toi, je lui conquis le Poitou et le Maine; avec toi, je lui conquis la Bourgogne et la Lorraine; avec toi, je lui conquis la Provence et l'Aquitaine, la Lombardie et toute la Romagne; avec toi, je lui conquis la Bavière, l'Allemagne et la Flandre, Constantinople, dont il reçut la foi, la Saxe, où règne sa volonté; avec toi, je lui conquis l'Écosse, le pays de Galles, l'Irlande et l'Angleterre, qu'il regardait comme sa province; avec toi, je conquis tant de pays et tant de domaines où règne Charles qui a la barbe fleurie! Entends maintenant, ô ma Durandal, ce que dit ce maudit! »

Roland reste silencieux un petit moment; il réfléchit à ce qu'il doit faire, puis il reprend:

« Que j'ai pour cette épée de douleur et de tourment! Mieux vaut mourir que de laisser cette épée aux païens; Dieu, notre Père ne veut pas de cette honte pour la France. »

Les Sarrasins disaient entre eux : « Quel bon chevalier! il n'en est pas de meilleur parmi les Francs!

— Fais à ton plaisir, dit Marsile en raillant; tes pairs resteront mes prisonniers. C'est toi qui empêches qu'ils soient libres. »

Le preux se lamente de laisser en captivité ses bons compagnons; il balance dans son cœur et ne sait quel parti prendre.

Enfin Dieu l'éclaire, et il s'écrie:

« Ah! ma Durandal, que tu es belle et sainte, que tu enfermes de reliques dans ta garde dorée ! Une dent de saint Pierre, du sang de saint Basile et des cheveux de monseigneur saint Denis ! Il ne se doit pas que des païens te possèdent ; tu dois demeurer au service des chrétiens. »

Le comte soupire et salue Marsile en lui disant encore :

« Sire roi, tu as agi méchamment avec moi ; mais je te revaudrai ton outrage. »

Il prend alors Vaillantif par la bride et met le pied dans l'étrier d'or.

« Beau comte, nous pouvons peut-être nous accorder ; garde ta Durandal, avec qui tu as frappé tant de grands coups, et donne-moi comme rançon des deux barons ton cheval Vaillantif. »

Roland frémit et se plaint bien doucement.

« Eh quoi ! dit-il en passant sa main sur l'encolure de sa bête, il faudra me séparer de mon compagnon ? O mon destrier, combien nous avons parcouru de contrées, combien de fois m'as-tu porté en bataille ! Et ce réprouvé deviendrait ton maître ! »

Marsile lui dit :

« Décide-toi, baron ; mais rappelle-toi bien qu'on fera de vilaines chansons sur ton compte si l'on sait jamais que tu as préféré ton cheval à tes amis !

— Prends-le donc, » dit Roland.

Mais le bon chevalier ne peut retenir ses larmes ; il caresse son destrier, il le baise et lui parle ; mais, sur un signe de Marsile, des esclaves viennent et le prennent par la bride. Aussitôt le cheval se dresse, bondit, rue, et voilà tous les esclaves par terre.

Alors Roland commande à Vaillantif de se tenir en repos, et le noble animal ne bouge pas plus que s'il eût été de pierre.

« Jamais plus de ma vie, dit Roland, je ne monterai un palefroi, car jamais je ne trouverai pareil cheval, quand bien même on me donnerait Tachebrun, qui est à Ogier; Passe-Cerf, qui est à Gérin, ou Tencendor, que monte Charlemagne. »

Cependant Marsile a donné des ordres, et voici venir Engelier et Bérenger, à qui l'on a rendu leurs armes. Ils ont le visage épanoui et courent embrasser Roland.

« Beau seigneur, dit Engelier, quel triste visage! ne reconnaissez-vous pas vos amis? »

Mais quand ils apprennent à quel prix ils sont libres, ils refusent et conjurent Roland de reprendre son destrier.

« Ma parole est donnée, Vaillantif est à Marsile, dit le comte. Venez, mes bons compagnons, allons retrouver Charles le grand empereur, que votre vue réjouira. »

Bérenger lui offre son cheval Rouge-d'Or, et Engelier veut qu'il monte Blanc-de-Lune; mais Roland refuse, il ira à pied, comme toujours désormais.

Marsile est dans la joie; il possède un cheval que nul baron n'a pu avoir, et il a hâte de se mettre en selle. Pourtant, par courtoisie, il offre du vin et de l'hydromel aux trois pairs, qui refusent, tant ils ont hâte de revoir l'armée des Français.

Roland marche la tête baissée, et les deux chevaliers ne sont pas plus joyeux.

Arrivé aux portes de la ville, Roland se retourne :

« O Saragosse, Saragosse, méchante cité! dit-il avec amertume. Dans tes murs j'ai laissé mon bonheur. »

Ils font ainsi une lieue en silence.

« Roland, mon frère, voyez donc ce glouton qui vient pour nous insulter. »

Roland regarde derrière lui et voit avec douleur Marsile à la tête de ses émirs et monté sur Vaillantif.

« N'est-ce pas grande honte, dit le preux, de voir pareil païen sur si beau cheval?

— Il n'en est pas maître, dit Bérenger, voyez comme le destrier se cabre et le secoue.

— Vaillantif sait bien que ce n'est pas un baron qu'il porte sur son échine. »

Marsile, en effet, n'était pas en liesse. Quoique bon cavalier, les sauts du cheval l'inquiétaient fort.

Il voulut le corriger et lui donner de l'éperon; alors, chrétiens, ce fut un beau spectacle : Vaillantif faisait des bonds terribles, sautant à droite, sautant à gauche, ruant et pointant, semblant un lion furieux.

Soudain, par un dernier effort, il arracha son cavalier de sa selle, et l'on vit le roi Marsile retomber sur le sol, où il demeura, le col rompu.

Engelier cria : « Noël! » et Roland frappa des mains de contentement.

Cependant Vaillantif au galop arrivait près de son maître, qui le flatta, le baisa aux naseaux; puis Roland se mit en selle et dit à ses compagnons :

« Barons, mes pairs, piquons vers l'armée de Charles; c'est aujourd'hui un beau jour, car j'ai délivré mes amis et retrouvé mon bon cheval. »

Bérenger dit en donnant de l'éperon à Blanc-de-Lune :

« C'est un vrai cheval de preux. »

## VENTRE SAINT-GRIS

*A Maurice Lesieur.*

La route qui mène de Dreux à Montreuil était en meilleur état que les autres routes du royaume, grâce à cette circonstance qu'elle conduisait à Anet, qui était château royal. Néanmoins les ornières y étaient fréquentes, et l'on rencontrait parfois en travers du chemin des troncs d'arbres écroulés formant des petites barricades qui devaient être d'un passage difficile pour les carrosses, heureusement peu nombreux à cette époque.

Dans les premiers jours du mois de mars de l'année 1590, trois cavaliers de belle mine et de galante humeur, chevauchaient sur cette route, allant du côté de Montreuil.

Le premier était un gentilhomme d'une trentaine d'années, au profil accusé, mais dont les yeux pétillaient de malice. Il portait un buffle et un gorgerin, des hauts-de-chausses violets, passementés de noir, et de grandes bottes en cuir fauve. Son feutre gris était orné d'une plume blanche. Ses compagnons, qui étaient mieux équipés : écharpes de soie, gants brodés, velours et brocart, lui témoignaient pourtant une affectueuse déférence.

C'était le premier qui parlait.

« Tu es sûr, la Trémoïlle, que nous sommes dans la bonne route ?

— D'autant plus certain, qu'il n'y en a pas d'autre, mon cher sire.

— Enfin, rappelle-toi bien que si tu nous égares, je te ferai pendre.

— On ne pend pas les gentilshommes.

— C'est vrai; mais on peut leur faire couper la tête, ce qui revient au même.

— Cela ne revient pas au même du tout, car l'épée est noble et la corde est vile.

— Si vous continuez à deviser de choses aussi gaies, mes bons seigneurs, dit le troisième cavalier, je tourne bride et reviens au camp.

— Bon! voilà la Guiche qui boude, dit la Trémoïlle.

— Je ne boude pas, mais je ne suis pas content. Partir à trois, comme des enfants perdus, dans ce damné pays de ligueurs, c'est tenter Dieu.

— Voilà la Guiche qui a peur, dit le premier cavalier d'un ton goguenard.

— Je n'ai jamais eu peur pour moi, répliqua vivement celui qu'on attaquait; je crois l'avoir prouvé quelquefois à Votre Majesté; mais j'ai bien le droit de craindre pour vous, sire.

— Allons, allons, ne te fâche pas, dit le Béarnais, je sais ce que tu vaux; mais, pour Dieu, rengaine les « Sire » et les « Majesté », car les buissons parfois ont des oreilles aussi bien que les murs du Louvre.

— Ah! s'écria la Trémoïlle, qui avait poussé en avant, je crois que j'aperçois le toit de mon auberge.

— Tant mieux, dit le roi, car j'ai grand'faim. »

Ils mirent leurs chevaux au trot et s'arrêtèrent au bout de cinq minutes devant une maison d'aspect débonnaire. Au-dessus de la porte, une enseigne se balançait. On y voyait représenté un animal extraordinaire, tenant à la fois du dragon et du chat-tigre; mais le passant ne

La Trémoïlle avait tiré son épée et cherchait à atteindre Ledoux, retranché derrière une table solide.

restait pas longtemps perplexe; car l'artiste avait pris soin d'écrire tout autour de son œuvre, avec des lettres hautes d'un demi-pied : *Au Cheval blanc*. Sur le seuil, un gros homme souriait agréablement. C'était l'hôte, maître Hercule Ledoux.

« Ma foi, dit le roi, l'hôtelier a bonne mine. Pied à terre, Messieurs. »

Un petit valet vint prendre les bêtes, et ils entrèrent tous trois dans la maison.

La grande salle où se trouvaient les trois gentilshommes était une grande pièce au plafond lambrissé et bas, éclairé par trois fenêtres.

Au fond, parmi l'acier des landiers, la flamme palpitait claire et haute; sur les dressoirs brunis, la vaisselle d'étain luisait comme joyaux d'orfèvre; au mur, rangés en bataille, les pichets en faïence et les tasses mettaient la gaieté de leur décor fleuri.

« Vous voulez dîner sans doute, mes gentilshommes? demanda Ledoux.

— Certes, fit la Guiche.

— Que diriez-vous, pour commencer, d'une omelette aux nouilles?

— Bon, fit le roi.

— Un jambon aux pistaches?

— D'accord?

— Et comme rôt, un chapon servi sur une purée de lentilles.

— Fade, la purée de lentilles, fit la Trémoïlle du bout des lèvres.

— Je partage votre sentiment pour une purée ordinaire, Monseigneur; mais la mienne sera relevée par des épices et soutenue par des lardons que j'aurai dorés dans du beurre frais. »

Les trois jeunes gens adressèrent à l'hôte un signe de tête approbateur.

« Voilà une auberge admirable, dit Henri; on ne mange pas mieux chez le roi d'Espagne. »

Hercule Ledoux leva son bonnet.

Le Béarnais, qui l'observait, demeura perplexe, ne pouvant déterminer si son salut était un remerciement ou un hommage à Sa Majesté catholique.

« Parlons un peu des vins, dit la Trémoïlle.

— Avez-vous ici quelque chose de buvable? » interrogea dédaigneusement la Guiche.

L'aubergiste eut un sourire plein de promesses, fit un signe de la main signifiant qu'il ne serait pas long, et disparut dans un petit caveau dont l'ouverture bâillait à côté de la cheminée.

« Goûtez-moi ça, » dit bientôt Ledoux, triomphant et essoufflé, en débouchant une bouteille ventrue et suffisamment poussiéreuse.

Dans les verres glissa un filet de cristal rose.

Ils burent.

« Bon, dit le roi.

— Exquis, fit la Guiche.

— Encore un verre, » demanda la Trémoïlle.

Et quand il l'eut vidé :

« L'admirable bourgogne !

— C'est du petit beaune, Monseigneur, dit hypocritement Hercule ; seulement il est de 1575, la grande année où il fit si chaud en septembre.

— Eh ! conclut le roi, monte-nous d'abord quatre bouteilles de ce joli vin et presse tes marmitons, car j'ai une faim qui me crie au ventre. »

Hercule Ledoux s'inclina, et bientôt on entendit sa voix puissante qui se mêlait au choc des casseroles, au frisselis du beurre chauffé, aux cris désespérés du chapon, qui semblait insensible à l'honneur d'avoir pour tombeau un estomac royal.

Les trois hommes finissaient la bouteille en attendant l'omelette, quand l'hôte reparut.

« Je me permettrai de faire faire par ma femme à ces messieurs une petite friandise aux pâtes d'abricots qu'elle réussit assez bien.

— Volontiers.

— Monseigneur le duc de Mayenne s'en est régalé la semaine passée.

— Ah ! M. de Mayenne est venu ici ? » dit le roi.

L'hôtelier se découvrit encore, puis il dit :

« Le grand duc m'a fait cet honneur.

— Le gros duc, veux-tu dire! fit la Trémoïlle en riant aux éclats, le duc sac, le duc tonneau!

— Je ne souffrirai pas qu'on insulte monseigneur de Mayenne dans ma maison.

— Hé quoi! drôle, fit le jeune homme, qui fronçait le sourcil, veux-tu te faire tirer les oreilles?

— Allons, la Trémoïlle, dit le roi.

— Voyez ce beau muguet pour me tirer les oreilles, il est sans doute de l'armée de ce maudit Béarnais.

— C'en est trop, sire, murmura la Guiche à l'oreille de son maître.

— Non, laisse; je ne veux pas me découvrir. »

Pendant ce temps, la Trémoïlle, moins patient, avait tiré son épée et cherchait à atteindre Ledoux, qui, retranché derrière une table solide, hurlait de toute la force de ses poumons :

« A moi! Claude, Hervé, Ledain, François, Manon, Catherine, à moi, on m'assassine! »

Aux cris, des têtes effarées apparurent à toutes les portes. C'étaient les garçons d'écurie, les gâte-sauces, les filles de cuisine et de basse-cour.

Ledoux continuait ses clameurs.

« Sus aux parpaillots, mes enfants! Tapez, tapez, ils sont de la vache à Colas. »

Enflammée par ces exhortations, la valetaille empoigna tout ce qui lui tomba sous la main et chargea le roi et ses deux amis.

Le Béarnais riait aux larmes.

La Guiche, furieux, grommelait et jurait.

La Trémoïlle, espadonnant toujours, parait comme il pouvait les attaques de l'aubergiste, qui s'était armé de sa broche; mais les coups pleuvaient si drus, que la Guiche et le roi furent obligés de dégainer à leur tour.

Bientôt, sous les balais, les fourches et les bâtons, les épées se brisèrent comme des baguettes.

L'étrange cortège se mit en marche avec la Trémoille à l'arrière-garde.

« En retraite! commanda le roi, qui cherchait à gagner la porte, en retraite, et vite aux écuries! »

La Guiche, qui était très robuste, enleva une table énorme et la précipita sur les assaillants, qui s'écroulèrent en hurlant.

Profitant du désordre causé par cet incident, les trois amis purent s'échapper et gagner le bâtiment où l'on avait logé les chevaux.

« Malédiction ! ils sont dégarnis, s'écria la Trémoïlle.

— Qu'importe ! dit le roi, les harnais sont sur ce chevêt là-bas. Selle vite les bêtes, pendant que nous empêcherons ces enragés d'entrer ici.

— Vite ! vite, sire, cria la Guiche, les voilà ! »

Henri se précipita sur les battants de la lourde porte, qu'il ferma. Arc-bouté contre le vantail avec la Guiche, il résistait aux efforts furieux des assaillants.

On entendait la voix d'Hercule qui excitait ses soldats.

« Hardi ! enfants ! tuez-les, massacrez-les. Mort aux hérétiques ! Vive la ligue ! »

« Que me disais-tu donc ? la Trémoïlle, que j'étais chéri dans ce doux pays ?

— Là, voilà qui est fait, dit le jeune homme sans répondre. Vite en selle, maintenant; moi j'y suis. »

Il avait approché les chevaux de la porte : le roi et la Guiche se mirent à cheval en un clin d'œil.

La porte céda.

« Chargez ! » commanda le roi.

Et enlevant leurs chevaux de pied ferme, les trois cavaliers passèrent comme la foudre sur le ventre de l'infortuné Ledoux et de ses acolytes, qui n'avaient pas eu le temps de se ranger.

Pendant dix minutes, ils galopèrent sans s'arrêter; enfin Henri serra les rênes et commanda :

« Halte ! »

Les trois amis étaient fort mal accommodés.

Le roi avait reçu un coup de bâton qui lui dessinait sur le front une raie sanglante; la Guiche avait les deux yeux pochés, la Trémoïlle était en loques, grâce à la broche de maître Ledoux.

« Délibérons, messieurs mes amis, dit le roi. Ton avis, la Guiche ?

— Retourner au camp et ne conter à personne notre équipée.

— Et toi, la Trémoïlle ?

— Retourner au camp, prendre avec nous une dizaine de bons garçons et revenir chez cet hôtelier maudit, à qui je me charge d'apprendre la politesse.

— Tout cela ne vaut rien, dit le roi. Si nous suivons ton avis, la Guiche, nous aurons l'air de pleutres; si nous suivons le tien, la Trémoïlle, nous aurons l'air de petits garçons. Non, il faut faire nos affaires tout seuls et avoir les honneurs de la journée.

« Nous sommes battus, continua Henri, c'est incontestable; mais il est encore de bonne heure, et nous pouvons réparer notre échec. Rappelez-vous qu'à Arques nous avons eu le dessous au commencement du combat. »

Malgré leur mauvaise humeur, les deux jeunes gens ne purent s'empêcher de rire à cette comparaison.

« Voici donc ce que je propose. Nous allons nous couler par les bois jusque sur les derrières de l'hôtellerie; là, nous tâcherons de prendre un otage et nous rentrerons dans la maison en triomphateurs. L'otage sera prévenu qu'au moindre mouvement hostile on lui donnera du poignard dans le ventre.

— Admirable! en route! s'écria la Trémoïlle.

— Sire, dit la Guiche, vous êtes un grand capitaine.

— Ce n'est pas ce que dit M. de Mayenne, » ajouta le roi avec un sourire.

Le plan fut exécuté de point en point.

Ils s'arrêtèrent à cent pas du *Cheval blanc* sans avoir été aperçus. Alors ils mirent pied à terre, attachèrent leurs chevaux dans un taillis épais et avancèrent dans la direction de l'auberge. Avec mille précautions, ils gagnèrent sans dommage un coin de la basse-cour, où ils purent se cacher derrière un grand chariot, au fond d'un hangar. Pendant quelque temps ils ne bougèrent pas, entendant, sans pouvoir cependant distinguer les paroles, le bruit d'une conversation très animée. L'aubergiste et ses valets racontaient sans doute leurs prouesses.

« Nous ne pouvons pas cependant rester ici deux heures, murmura la Guiche.

— Tiens, tiens, nous avons un voisin, dit la Trémoïlle, qui cherchait dans son coin.

— Un voisin! dit le roi.

— Oui, sire, voyez plutôt. »

Et, prenant le roi par la main, il le fit se pencher jusqu'à une ouverture garnie d'un treillage en bois.

« Oh! le beau cochon! s'écria Henri avec conviction. Il est rose, il est gras..., et je meurs de faim!... Hé, mais j'y pense, continua-t-il, voilà un moyen tout trouvé de faire venir l'otage que nous attendons. Passe-moi ton épée, la Trémoïlle, il n'y a plus que toi à en avoir une... Là,... merci, mon fils... Veillez bien, vous autres. »

Le roi, allongeant sournoisement son arme, atteignit le pauvre cochon dans un endroit charnu, mais sensible.

Aussitôt ce fut un vacarme épouvantable.

Les cris, tantôt graves, tantôt déchirants, s'élevaient avec une telle force, que la Guiche allait se boucher les oreilles quand il s'écria:

« Attention! voilà maître Ledoux en personne.

— C'est trop de bonheur, » dit le roi, qui piqua encore un peu l'infortuné quadrupède, dont les cris augmentèrent d'intensité.

Très inquiet, l'aubergiste se hâtait. Comme il allait atteindre son toit à porcs, il se sentit saisi, bâillonné, entraîné avant d'avoir rien pu faire pour sa défense.

C'étaient la Trémoïlle et la Guiche qui avaient fait cette importante capture.

Amené devant le roi, qui le regardait d'un œil sévère, il entendit avec une frayeur croissante le petit discours suivant :

« Maître Ledoux, écoutez-moi bien. Comme vous n'êtes pas établi aubergiste pour faire de la politique, mais bien pour donner à loger et à manger, je pourrais vous faire pendre ; mais comme, heureusement pour vous, mes amis et moi avons grand' faim, surtout après l'exercice que vous nous avez donné, nous préférons dîner. Nous mangerons donc chez vous le repas dont vous nous aviez tout à l'heure donné le si appétissant menu ; mais pour vous enlever toute tentative de trahison, vous partagerez notre dîner et prendrez place au milieu de nous. J'ajouterai qu'au moindre mouvement suspect j'aurais le regret de vous enfoncer cette dague, qui est fort pointue, dans la partie de votre corps qui se trouvera la plus rapprochée de moi. Et maintenant allons et faites bon visage, car je déteste les figures moroses. »

Le pauvre aubergiste était plus mort que vif et serait tombé par terre, si la Guiche et le roi ne l'avaient empoigné vigoureusement chacun par un bras.

Ce fut ainsi que l'étrange cortège se mit en marche avec la Trémoïlle à l'arrière-garde.

Nous ne chercherons pas à peindre la stupéfaction du personnel de l'auberge, quand il vit entrer dans la grande salle maître Ledoux ainsi encadré.

Demoiselle Ledoux leva les bras au ciel ; Claude et Hervé prirent des balais.

« Dites donc un peu à ces braves gens que nous sommes de vos amis, glissa le roi à l'oreille d'Hercule.

— En effet, balbutia le pauvre diable, ces gentilshommes sont de mes amis. »

Les bras de demoiselle Ledoux retombèrent, les balais reprirent leur place le long du mur.

« Maintenant, à table ! » dit Henri.

Ils s'installèrent, l'aubergiste toujours solidement maintenu par ses deux surveillants

« Vous nous aviez parlé d'une omelette aux nouilles, » commença la Trémoïlle.

Hercule Ledoux resta muet.

« Elle pique très fort, » dit doucement le roi en désignant du doigt à l'aubergiste le manche de la dague passée à sa ceinture.

Cela fut d'un effet merveilleux.

« Allons, que l'on serve ces dignes seigneurs ! Femme, vite à ta poële ! Claude, va décrocher un jambon...

— Aux pistaches, insinua la Guiche.

— Soyez sans crainte, ils sont tout préparés.

— N'oublions pas le vin, dit la Trémoïlle.

— Vous nous avez fait goûter tout à l'heure un certain petit beaune...

— C'est vrai. Tu descendras tout à l'heure au caveau, n'est-ce pas, ma femme ? C'est à gauche dans le coin, tout près du vin d'Espagne.

— Hé ! que n'y allez-vous vous-même ! gronda demoiselle Ledoux, qui ne comprenait plus rien aux événements.

— C'est que..., je mange avec ces messieurs.

— Voyez-vous ce beau museau, reprit la femme, pour manger avec des gentilshommes ! En tout cas, cela ne vous empêche pas d'aller à la cave.

— En effet, dit l'aubergiste, je peux bien. »

Et il se leva à demi.

Il retomba sur un escabeau avec un cri terrible.

Le roi venait de lui chatouiller la cuisse avec la pointe de son poignard.

« Ah çà ! fit l'aubergiste furieuse, êtes-vous devenu subitement fou? Pouvez-vous me dire ce que vous avez à beugler de la sorte? »

Enfin tout s'arrangea, le repas fut exquis. Aux quatre bouteilles de beaune, la Trémoïlle, qui avait l'oreille fine, fit ajouter deux bouteilles de ce vin d'Espagne dont il avait entendu parler, et, malgré toute son émotion, maître Ledoux finit par manger de bon appétit et par faire honneur à sa cave.

Quand on eut bu la dernière rasade et que les chevaux qu'on avait envoyé chercher furent devant la porte, Henri se leva, et jetant un double ducat sur la table :

« Voilà pour votre repas, maître Ledoux, dit-il avec sa voix joyeuse; le reste sera pour les garçons. »

Devant cette munificence, maître Ledoux s'inclina profondément.

« Croyez-bien, Monseigneur, dit-il en bredouillant, ma gratitude..., l'honneur...

— L'honneur est plus grand que tu ne penses, maraud, car tu as mangé aujourd'hui à la table d'Henri de Béarn, roi de France et de Navarre. »

Le Béarnais dit cela avec une telle dignité, que Ledoux fléchit les genoux et se mit à pleurer.

Demoiselle Ledoux et les valets étaient devenus pâles comme des suaires.

« Remerciez le roi, drôles, reprit la Trémoïlle; il devrait vous faire pendre, mais il vous pardonne dans sa bonté.

— Tu raconteras l'aventure à M. de Mayenne, » dit le roi en riant.

Hercule Ledoux s'était relevé, et, mettant la main sur son cœur, il s'écria :

« Sire, jamais M. de Mayenne ne remettra les pieds dans ma maison; je me ferais plutôt tuer sur mon seuil.

— Alors, tu ne détestes plus tant ce maudit Béarnais ?

— Ah ! sire, ma vie est à vous.

— C'est bon, reprit le roi, souviens-toi de ce dîner, et dis à tes voisins que Henri Quatre veut qu'on l'aime. Maintenant, à cheval, Messieurs ; on doit être inquiet au camp. »

Et tandis qu'ils s'en allaient tous trois au petit galop, salués par les « Vive le roi ! » de tout le village, averti par Ledoux de la présence royale, Henri dit à ses amis avec son franc sourire :

« Ventre saint-gris ! Messieurs, je suis content de ma journée. »

# LA NUIT DE FONTENOY

*A M. le marquis de Beaumont-Gardailles,*
*en son château de Beaumont, près Tours.*

Vous avez déjà sans doute eu connaissance, monsieur mon frère, de l'heureuse issue de la bataille livrée aux Anglois par Sa Majesté. Nous avons tué à l'ennemi plus de quatre milliers d'hommes, pris cinquante drapeaux et autant de canons. Nous avons aussi perdu beaucoup des nôtres. Parmi nos parents, Someville, qui tient à nous par les Jassie, et notre petit-cousin Gardailles.

Puyvignon est blessé, et Mornas a eu la tête cassée d'un coup de pistolet, tout près de moi. Il étoit fort de mes amis.

Pour moi, je suis bien, n'ayant eu que mon cheval blessé et ce pauvre Bourguignon, qui a été tué roide. C'étoit un bon serviteur, fidelle et de résolution. Depuis plus de cinq années il étoit de mes gens.

Les premiers coups de mousquet furent échangés vers les neuf heures du matin; après du brouillard il vint un beau soleil, et il faisoit très chaud.

M. le comte d'Auteroche, avec qui vous eûtes cette querelle au tripot, l'an dernier, se trouvoit en première ligne avec son régiment; il y eut là quelque chose dont on parlera sûrement à Versailles.

Le milord Hay étoit en face de lui et en belle ordonnance avec ses grenadiers anglois. Il mit le chapeau à la main et cria à d'Auteroche :

« Tirez les premiers, messieurs des gardes-françoises ! »

D'Auteroche lui rendit son salut fort honnêtement et répondit :

« Nous ne tirons jamais les premiers ; à vous l'honneur, messieurs les grenadiers anglois ! »

Milord Hay commanda alors le feu, dont d'Auteroche fut tué avec pas mal de son monde ; mais cela fut trouvé fort galant.

L'affaire avoit d'abord été mal engagée, et vous le comprendrez aisément quand je vous aurai donné quelques éclaircissements sur nos positions de combat.

Notre armée se trouvoit couverte par trois villages : Authoing, Fontenoy et Barry, où l'on fit trois redoutes avec beaucoup de canon ; de plus, ces villages étoient bien couverts par deux grands ravins. Cela paraissoit fort ; mais ce qui gâtoit tout, c'est que nous avions à dos la rivière d'Escaut, ce qui, en cas de retraite, nous auroit fait une perte incroyable.

M. le maréchal, qui étoit venu de Tournai dans une méchante carriole d'osier, à cause de la goutte dont il étoit fort incommodé, vit bien le danger ; mais le temps lui manquoit pour changer de position.

Sa Grâce le duc de Cumberland donnoit l'ordre de nous attaquer, et bientôt nos redoutes furent dépassées par une forte colonne d'Anglois, de Hollandois et de Hanovriens. Un moment on crut la journée perdue, et M. le maréchal envoya supplier le roy et Mgr le dauphin de se retirer avec leurs maisons de l'autre côté de la rivière, qui n'est pas fort large ; mais Sa Majesté refusa avec beaucoup de fermeté, disant qu'un roy de France devoit toujours se trouver là où étoit le péril : ce qu'on admira.

La colonne des ennemis, que rien n'entamoit, arrivoit presque au pied du moulin où se trouvoit le roy, quand M. le duc de Richelieu eut l'idée de faire tirer le canon sur cette troupe. Il en demanda la permission à Sa Majesté, qui la lui donna; cela fut d'un effet prodigieux. Les rangs des Anglois s'ouvrirent pour vomir des morts, et aussitôt la maison du roy chargea.

Je chargeois dans les premiers avec les chevau-légers. Les ennemis, qui poussoient toujours et qui ne pensoient qu'à gagner ce qui restoit, furent bien surpris quand après notre décharge ils nous virent tout à coup venir en corps, droit à eux et les charger si vertement, que, d'assaillants qu'ils étoient, ils se virent obligés de penser à leur défense. Ce changement les étourdit; ils se désunirent, perdirent pied et furent taillés en pièces. C'est ici que se place l'aventure que je vous veux conter et qui m'a causé un trouble dont je ne suis pas encore maître.

Tandis que je chargeois, je vis un cavalier qui par son ajustement sembloit être un officier de haut grade, qui, à la tête d'une trentaine d'hommes qu'il avoit ralliés, faisoit ferme et combattoit en désespéré.

Je poussai vers lui en criant : « Rendez-vous à moi! » et je me nommai. Pour toute réponse, il me tira un coup de pistolet dont mon chapeau fut emporté.

Je fus bien étonné d'un pareil compliment, et, comme j'étais déjà fort échauffé, je le frappai d'un grand coup d'épée sous le bras, qu'il avoit encore levé.

Il tomba le nez sur l'encolure de son cheval, et dans le moment je pensai l'avoir tué roide; mais, comme je remarquai qu'il faisoit des efforts pour se relever en poussant de grands soupirs, je mis pied à terre et le pris dans mes bras pour le descendre de son cheval. Je l'assis par terre, le dos contre un petit tertre qui se trouvoit là et je commençai à couper les courroies de sa cuirasse afin qu'il pût respirer plus librement.

Je voyois bien qu'il souhaitoit parler, mais le sang l'étouffoit, car sa blessure avoit très peu saigné en dehors.

Comme je me rappelois avoir franchi un petit ruisseau quelques instants avant d'avoir abordé mon Anglois, je courus chercher de l'eau, que je rapportai dans un chapeau.

Il but un peu et parut se ranimer ; alors, avec des efforts incroyables, il me dit en mauvais françois :

« Je suis le lord Hamilton; trouvez-moi un prêtre, je ne veux pas mourir ainsi. »

Et il se tordoit les mains et sembloit au désespoir.

J'étois bien étonné, car je croyois que tous les Anglois, surtout les gens de qualité, étoient huguenots.

Pendant que je délibérois où je pourrois bien trouver quelque religieux, le lord reprit avec beaucoup de force et comme s'il avoit deviné ma pensée :

« Moi catholique, un prêtre ! »

La douleur de ce pauvre homme me touchoit infiniment, mais j'étois bien embarrassé pour le contenter. J'allois pourtant remonter à cheval pour tâcher de le satisfaire, quand je m'aperçus qu'il étoit mort.

Après lui avoir fermé les yeux, je cherchai dans ses habits, où je trouvai plusieurs papiers écrits en langue angloise et une bourse en soie très richement brodée où il y avoit quarante guinées, ce qui fait à peu près mille livres de France. Je mis le tout dans mes poches, et, ayant appelé deux soldats, je leur ordonnai de garder le corps, sur lequel je jetai un grand manteau; puis je remontai à cheval et me mis en quête de mon régiment.

Je n'avois pas fait deux cents pas, que je rencontrai un officier de mon corps nommé Langlade, qui, m'ayant vu, se mit à crier :

« Monsieur de Gardailles, je me meurs; ayez pitié de moi ! »

Il paraissoit fort blessé, je me disposois à le secourir, et il se traînoit de mon côté, quand je le vis lever les bras et tomber mort.

Je pus enfin rejoindre mon régiment, et il y eut encore de beaux coups d'épée, mais l'ennemi ne tenoit plus nulle part, sauf quelques gentilshommes anglois qui se faisoient tuer pour l'honneur.

Le fantôme me prit la main et m'entraîna.

Quand la journée fut finie, je revins chercher le corps du lord Hamilton. Mon colonel, M. de Montbazon, à qui j'avois conté l'affaire, m'assura que c'étoit un fort grand seigneur, parent du roy d'Angleterre.

Il me promit d'écrire à un ami qu'il avoit à Londres, afin que je pusse retrouver sa famille et lui envoyer les papiers du milord, et m'assura qu'il en résulteroit un grand bien pour moi.

Je le remerciai de son honnêteté et piquai du côté où j'avois laissé le pauvre Anglois.

Je trouvai le corps tout en chemise et abandonné ; les deux soldats s'étoient sauvés après l'avoir dépouillé. Je me promis bien que si je rencontrois mes deux coquins, je les ferois pendre. Comme je n'étois pas bien éloigné d'Authoing, je commandai à deux hommes de mon régiment qui m'avoient suivi de prendre ce pauvre corps, que je fis enterrer dans le cimetière du village, ayant soin de faire mettre une croix où j'inscrivis son nom, de telle sorte que ses parents pussent un jour le retrouver, s'ils le jugeoient bon.

On nous assigna justement nos quartiers dans ce même village d'Authoing, et pour ma part je fus logé dans une maison assez propre que les habitants avoient abandonnée au moment de la bataille. Nous nous y réunîmes pour souper avec quelques officiers de mon régiment, et nous y fîmes une petite débauche avec du vin fort bon, que nous trouvâmes dans un caveau qui renfermoit plus de mille bouteilles. Après boire on joua, car Danceny avoit naturellement des dés dans sa poche, et je perdis, suivant mon habitude.

Sur les onze heures, ma compagnie me quitta, et, comme je reconduisois mon monde jusque dans la rue, je remarquai que le ciel, qui avoit été serein toute la journée, s'étoit couvert de gros nuages fort noirs qui présageoient de l'orage pour toute la nuit.

Je mis mon soldat dans la première pièce avec ordre de ne laisser entrer personne, et je me retirai dans la chambre, où il y avoit un assez bon lit. Vous pouvez croire que je ne fus pas long à me coucher tout habillé, de peur d'une alerte, et à souffler la chandelle tandis que le vent faisoit rage aux girouettes.

Je ne pus m'endormir sur-le-champ, comme je l'aurois souhaité; malgré moi mon esprit se reportoit aux divers incidents de la bataille; je songeois avec une joie inexprimable que j'avois acquis de la gloire et que j'étois sain et sauf, tandis que tant de pauvres gens avoient perdu la vie dans cette journée.

Toutes ces pensées m'agitoient d'une telle force, qu'elles suspendirent pour un temps la tranquillité dont j'aurois eu besoin pour mon repos. Il n'étoit pas en mon pouvoir de détourner mon souvenir des scènes auxquelles j'avois pris part, et j'aurois voulu avoir de nouveaux ennemis à combattre pour accomplir de nouveaux exploits, moissonner de plus glorieux lauriers.

Pendant deux heures entières cette passion m'emporta avec tant de violence, qu'elle fit bouillonner mon sang dans mes veines comme si j'avois eu la fièvre ; mais un épuisement complet, succédant à cette agitation, me jeta dans un profond sommeil.

Il me seroit impossible de dire combien de temps je dormis. Je fus éveillé par un grand bruit, et durant un moment j'eus de la peine à reprendre mes esprits. J'étois couché contre la muraille, sur laquelle je pus voir, quand j'ouvris les yeux, une lueur que je crus d'abord être celle de la lune.

Quand je me retournai, le spectacle qui s'offrit à ma vue me glaça d'horreur.

Au milieu de la chambre tout éclairée d'une lumière qui venoit je ne sais d'où, j'aperçus distinctement le milord anglais que j'avois tué. Il se tenoit debout et fixoit sur moi des regards terribles.

Je ne puis vous exprimer le trouble où me jeta cette apparition.

A demi relevé sur mon lit, je sentois mes cheveux qui se dressoient sur ma tête, je voulois crier et je ne pouvois pas. Le fantôme du milord Hamilton sembla faire deux pas en avant. Perdant l'esprit et tout hors de moi, je me jetai en bas de mon lit, et saisissant mon épée, qui étoit sur la table, je lui en portai deux grands coups tout au travers du corps. Ce qui augmenta mon épouvante, ce fut que mon épée le traversa sans résistance comme si c'eût été de la fumée.

Je sentis alors une sueur froide, et je crus mourir de frayeur. J'eus pourtant la force de me signer deux fois et de dire, car je pensois que ce ne pouvoit être que quelque diablerie :

« Au nom de Dieu, fantôme, retire-toi ! »

Le milord Hamilton, ou son spectre, me dit ce seul mot :

« Viens. »

Il me prit la main et il m'entraîna; la porte s'ouvrit sans qu'il parût qu'il l'eût touchée, et nous traversâmes la pièce où étoit couché mon soldat. Le garçon me cria quelque chose que je n'entendis point; la porte de la rue s'ouvrit comme celle de la chambre, et nous nous trouvâmes dehors.

La nuit étoit d'une noirceur épouvantable, mais cette lueur que le fantôme traînait avec lui éclairoit parfaitement le chemin. Nous sortîmes du village, franchîmes une grille, et je fus bien épouvanté quand j'eus remarqué que nous étions dans le cimetière. Le milord ne s'arrêta que devant sa tombe; là, il me lâcha la main, qu'il avoit tenue jusque-là avec une force incroyable, et, levant les bras, il me montra à deux reprises l'église, dont on distinguoit mal la masse confuse dans l'obscurité; puis il disparut, me laissant dans un désordre que vous pouvez facilement imaginer. Je me hâtai de sortir de ce lieu funèbre; mais je fus plus d'une heure avant de pouvoir retrouver ma maison, tellement j'étois troublé. Je m'arrêtois à chaque pas et regardois autour de moi, prenant toutes les formes que je rencontrois pour des fantômes.

Il n'est pas possible de décrire les diverses figures qu'une imagination effrayée trouve dans tous les objets. Je n'eus pas plus tôt trouvé ma porte, que je me jetai dessus comme un homme qu'on poursuit; mais elle étoit fermée. Je frappai des pieds et des mains pour me faire ouvrir; mais j'entendis mon soldat qui me crioit de passer mon chemin, croyant avoir affaire à quelque malfaiteur.

« Hé! lui criai-je, ouvre donc, la Brette! » — c'étoit son nom.

Il reconnut ma voix et vint m'ouvrir avec une grande confusion; mais je ne songeois guère à le quereller. Je l'interrogeai sur-le-champ, tandis qu'il battoit le briquet afin de rallumer la chandelle.

« Tu m'as vu sortir tout à l'heure?

— Oui, Monsieur.

— J'étois seul?

Saisissant mon épée, je lui en portai deux grands coups tout au travers du corps.

— Oui, Monsieur. »

Ici mon homme me regarda d'un air si effaré, que je compris à sa mine qu'il doutoit que je fusse dans mon bon sens. Je ne voulus pas lui en dire plus, et rentrai dans ma chambre en lui recommandant de bien veiller.

Vous pouvez juger que je ne dormis plus de la nuit et que j'attendis le jour avec impatience, tout en réfléchissant à ce qu'il venoit de m'arriver. Vous ne vous attendez sans doute pas que je puisse peindre les angoisses où cette vision plongea mon âme; l'impression que cela fit sur mon esprit ne passa pas comme un songe : elle s'y grava profondément et se conserva depuis dans toute sa force.

Hélas! à peine conservois-je quelque connaissance de la divinité; ce que j'avois appris, comme vous, de mon père, étoit oublié. Les bonnes instructions qu'il m'avoit données autrefois avoient eu le temps de s'effacer par une vie licencieuse de huit années passées avec des soldats et des officiers qui ne valoient pas mieux que moi, c'est-à-dire libertins et insouciants sur la religion au suprême degré. Je ne sache pas que, durant un si long espace de temps, il me soit jamais venu la moindre pensée de m'élever vers Dieu pour admirer sa sagesse, ou de descendre au dedans de moi-même pour y contempler ma misère.

Je m'inclinai donc devant cette preuve si visible que Dieu me donnoit de sa puissance, et, dès que le soleil parut, je montai à cheval et allai tout d'une course jusqu'à Tournai. Je laissai mon cheval à la première hôtellerie et me rendis à la cathédrale, où je rencontrai un chanoine auquel je demandai de m'entendre en confession.

Quand j'eus obtenu l'absolution dont j'étois mille fois indigne, je contai à ce religieux cette vision que j'avois eue du lord Hamilton. D'après ses conseils, je lui remis une assez forte somme d'argent pour faire dire des prières et des messes pour ce pauvre Anglois, qui certainement, me dit-il, étoit mort en état de péché.

Je suis depuis dans une tranquillité d'esprit incroyable, et jamais je n'ai revu le fantôme du milord.

---

D'un double geste, Manoëla écarta ses beaux cheveux.

# LE POIGNARD DE GERONA

*Au colonel comte de Chalendar.*

Comme nous venions de passer, pour fumer, dans la chambre du général, j'avisai sur la cheminée un petit poignard à manche de corne, avec une lame épaisse et courte. Je connaissais tous les bibelots du vieux soldat, et c'était la première fois que je voyais cette arme.

« Ah ! tu regardes mon poignard, me dit-il. Figure-toi, mon enfant, que c'est Lazare, mon brosseur, qui l'a retrouvé au fond d'une vieille valise qui était au grenier depuis cinquante ans.

— Et d'où vient-il, ce poignard ?

— Oh! c'est toute une histoire, et une histoire pas ordinaire, je t'en réponds.

— Racontez, racontez, général. »

Et tous, nous nous pressâmes autour de lui.

Le grognard eut un petit rire, tapota de l'index le foyer de sa pipe, et commença de sa vieille voix encore solide :

« Sorti de Saint-Cyr en 1812, je fus aussitôt envoyé au régiment pour lequel j'étais désigné : c'était le 5e chasseurs à cheval, à Madrid. Il n'y avait pas deux mois que j'étais à mon corps, quand nous reçûmes l'ordre d'aller rejoindre l'armée de Marmont, qui cherchait à couper à Wellington l'entrée de la Catalogne.

« Nous atteignîmes l'ennemi près de Salamanque, aux Arapiles ; mais la fortune commençait à nous bouder, et nous fûmes obligés, après quatre heures de combat, à nous mettre en retraite. Pour mes débuts, je n'avais pas eu beaucoup de chance; j'avais récolté un maître coup de sabre qui m'avait presque ouvert le crâne. D'ailleurs, tout allait mal : Marmont venait donc de se faire battre comme un tambour par Wellington; le petit Tondu venait de s'embarquer dans son affaire de Russie ; les Allemands remuaient, et les Autrichiens, en souvenir de leur Marie-Louise, allaient nous envoyer trois cent mille hommes sur le casaquin comme cadeau de noce. Mais tout ça, c'est pas notre affaire ; ne nous embrouillons pas dans les feux de file. On m'expédia donc à l'hôpital, à Salamanque, où l'on me soigna si drôlement, que je n'ai jamais compris comment j'ai fait pour ne pas passer l'arme à gauche. Puis on se décida à me faire rentrer en France. A petites journées, je gagnai Barcelone, où je voulus m'embarquer pour Marseille; mais il n'y avait pas de bateau en partance, et je me décidai, contraint et forcé, à prendre la route de terre. Une épouvantable voiture, traînée par quatre mules efflanquées, me conduisit d'abord à Gerona, où je comptais passer la nuit.

« Gerona est une vieille ville forte, perchée sur un rocher. Je me rappelle que j'y entrai par une porte qu'on nomme *puerta de los Apostolos,* et ornée des statues des douze Apôtres, qui semblent monter la garde.

« J'allai au gouvernement, où je fus reçu par le vieux capitaine qui commandait la place. Il m'offrit à boire, me dit que ça n'allait plus comme dans son temps, et m'annonça qu'il allait me loger chez un brave homme de médecin qui serait ravi de me recevoir.

« Il me donna mon bulletin, me souhaita bonne chance et me mit à la porte. Une fois dans la rue, grâce à quelques mots d'espagnol récoltés à droite et à gauche, je pus me faire indiquer la calle de la Piedra, où habitait mon hôte, don Miguel Guttierez.

« La maison était une construction massive datant du moyen âge, et décorée de sculptures bizarres. Je heurtai à la porte. Une vieille servante vint m'ouvrir et faillit me jeter le battant sur le nez dès qu'elle eut distingué mon uniforme. Je haussai le ton, et après quelques pourparlers elle me conduisit à la salle où le docteur et sa fille prenaient leur repas du soir.

« La vision de ces deux figures m'est toujours restée.

« Le docteur, grand, sec, avait un terrible visage qui semblait taillé à larges coups dans du vieux bois; ses yeux, profonds et noirs, avaient un regard aigu comme une épée. J'étais alors bien jeune et peu observateur; je compris pourtant tout de suite que l'homme que j'avais devant moi avait été tordu, desséché par quelque effroyable douleur.

« Sa fille, Manoëla, était très belle; sous les masses lourdes des cheveux bruns, des traits charmants se dessinaient. Mais dans l'éclat caressant des prunelles, on retrouvait parfois la lueur aiguë des yeux de don Miguel.

« Le docteur et sa fille parlaient bien français, et ils firent de leur mieux les honneurs de leur modeste repas. Tout ce qui se passa dans cette soirée extraordinaire est resté tellement fiché dans mon cerveau, que je me rappelle qu'on nous servit des petits poissons frits et du lard grillé avec des pois.

« Tout en mangeant, je dus leur donner des nouvelles de la guerre. Notre dernière défaite, dont ils avaient connaissance, parut les passionner. Quand j'expliquai comment nous fûmes obligés de nous mettre en retraite, il me sembla que leurs yeux prenaient une animation étrange.

« D'ailleurs, don Miguel paraissait entièrement acquis au roi Joseph, et il me parlait des Anglais avec un mépris qui me plut.

« Bien qu'il ne fût pas tard, je me sentis très fatigué après le repas, et je demandai à mon hôte la permission de me retirer. Aussitôt la jeune fille se leva, alluma une chandelle et appela la vieille servante.

« Je souhaitai la bonne nuit au docteur, qui me rendit mon souhait et me salua sans me tendre la main. Ce ne fut que plus tard que je me souvins de ce détail.

« Manoëla m'invita à la suivre, et je m'engageai dans un escalier très étroit qui craquait à chaque pas avec un bruit agaçant. Au premier étage, elle poussa une porte, et je me trouvai dans une grande chambre toute lambrissée et pauvrement meublée d'une table, d'un lit et de quelques chaises. Aux murs, pendaient plusieurs gravures de religion.

« La servante entra derrière nous; elle portait des draps pour mettre au lit. C'était un luxe auquel je n'étais plus accoutumé, et je ne pus m'empêcher de témoigner mon contentement.

« La jeune fille eut un sourire bizarre, et elle me demanda si je ne désirais rien autre chose. Je lui dis que, puisqu'elle était si bonne, je serais bien heureux d'avoir de quoi écrire. Elle passa dans la chambre voisine et revint avec l'encre, la plume et le papier ; elle posa tout cela sur la table avec la lumière, et m'approcha une chaise.

« Je m'assis, et je commençai ma lettre.

« Pendant une minute encore j'entendis remuer autour de moi les deux femmes, puis ma pensée s'envola près de celle à qui j'écrivais, et j'oubliai complètement la réalité.

« Soudain un choc sourd sur le plancher, et puis des sanglots. Je me retournai : Manoëla, à genoux près de moi, pleurait. La vieille était partie, la porte était fermée, nous étions seuls tous deux. Je remarquai par terre, à côté de la jeune fille, un poignard.

« Je me levai tout étourdi, ayant mille pensées dans la cervelle, et je balbutiai, ne sachant que dire :

« — Oh ! Mademoiselle... »

« D'un double geste elle écarta ses beaux cheveux et releva le front. Je vis alors son noble visage, où glissaient des larmes.

« — Eh bien, oui, dit-elle d'une voix ardente, j'ai voulu vous tuer. »

« Un frisson crispa toute ma chair.

« — Me tuer !... Que vous ai-je fait ?

« — Tu es Français ! — elle siffla ces trois mots avec un terrible accent de haine, — tu serais mort déjà sans cette lettre qui t'a sauvé. »

« Machinalement je tournai la tête, et je jetai les yeux sur le papier à moitié noirci. »

« — Écoute, tu vas comprendre. »

« Elle se leva, ramassa le poignard, qu'elle mit dans son fichu, et commença de parler.

« — J'avais deux frères, beaux et braves, Ramon et Francesco. Je les adorais. C'était toute ma vie. Quand les Français entrèrent en Espagne, ils ne voulurent rien écouter et allèrent rejoindre Pepe Calderon, qui était déjà célèbre comme chef de bande. Ils trouvaient parfois des occasions pour nous faire parvenir de leurs nouvelles. Dans leurs lettres ils étaient pleins d'enthousiasme et de foi, et chaque ligne contait une prouesse. Ils n'écrivirent plus. Pendant trois mois, mon père et moi nous fîmes l'impossible pour avoir quelque nouvelle. Enfin un jour, un garçon qui était parti avec eux, revint blessé à Gerona. Il nous dit cette effroyable chose : « Ramon et Francesco pris par « trahison, livrés aux Français, fouettés, puis pendus. »

« Ici Manoëla s'arrêta, la gorge serrée. Jamais je n'oublierai les terribles regards qu'elle jetait sur moi. C'était comme des pointes d'acier qui me fouillaient le cœur. Je ne pouvais rien dire ni rien faire. Elle aurait voulu me frapper à ce moment, je n'aurais pas remué un doigt pour me défendre.

« Elle reprit :

« — Fouettés, puis pendus! Alors je fis un vœu. Je jurai sur la croix que, partout où je pourrais, je tuerais des Français. Ah! j'ai bien tenu mon serment. Habillée en homme, je cours la montagne. Les tiens me connaissent. En Catalogne, en Aragon, en Biscaye, partout j'ai porté la mort. Tu as bien entendu mon nom? On dit que vos vieux grenadiers baissent la voix quand ils le prononcent... la *Matadora.* »

« La *Matadora,* la Tueuse! Si je le connaissais, ce nom!... Mais ce n'était pas possible..., je ne pouvais pas croire... Les idées dansaient dans ma tête comme une pluie d'orage sur le pavé.

« — De temps en temps je reviens ici, et je reprends mes habits de femme pour que mon père ne soit pas inquiété. Ce soir même, je venais enfin de le décider à quitter Gerona pour toujours et à venir avec moi dans la montagne, où il pourrait nous rendre de précieux services. Aussi, quand tu es entré ici ce soir, j'ai cru que c'était Dieu qui te livrait à ma vengeance, car je n'avais plus rien à craindre pour don Miguel. Ces draps, ces beaux draps blancs que tu admirais, t'auraient servi de suaire... »

« Je vous raconte tout cela bien tranquillement en fumant ma pipe, mais je vous assure que c'était terrible, et après cinquante ans passés, ma parole ! j'ai encore peur.

« — Quand tu me demandas à écrire, poursuivit Manoëla, je fus bien heureuse, car cela servait à merveille mes projets. Il me répugnait de te tuer dans le noir, dans la nuit ; tu serais mort sans savoir ! Comme cela, j'étais sûre qu'avant d'exhaler ton dernier souffle tu me verrais, et que tu aurais cette suprême douleur, toi, soldat, de te sentir frappé par une main de femme ! Quand Teresa, la vieille servante, fut partie, je fermai doucement la porte, et je vins sans bruit derrière toi avec mon couteau. Tu n'entendais rien, tu écrivais, je lus les premières lignes par-dessus ton épaule : « Ma chère sœur, » et puis tu lui disais que tu n'avais plus qu'elle d'amour, que tous les vieux parents étaient partis, que tu allais la revoir, l'embrasser... Alors brusquement j'ai pensé à moi, à tout ce que j'avais souffert, et j'ai pensé à elle. J'aurais dû pourtant avoir double joie en songeant que j'allais torturer la Française, que son cœur allait saigner comme le mien, et que mon coup de couteau, en te tuant, allait la blesser pour toujours !... Oui, j'ai pensé à elle, et au lieu de haïr plus fort, j'ai pleuré, je suis tombée à genoux, et je n'ai pas tué. Maintenant, fais de moi ce que tu voudras. Va me dénoncer. Venge à ton tour tous les tiens que j'ai massacrés. Tu le peux. »

« Je lui dis qu'un Français n'était pas un dénonciateur, et qu'un soldat ne vendait pas les femmes.

« Elle réfléchit un instant.

« — Où vas-tu aller ? » demanda-t-elle.

« Je ne lui cachai pas que l'heure était tardive, que j'étais brisé de fatigue, et que je coucherais parfaitement dans le lit qu'on m'avait préparé.

« — Et tu dormiras ?

« — Je dormirai. »

« Longuement elle me regarda.

« — Tu es brave, fit-elle; dors, tu n'as rien à craindre, je veillerai sur toi. »

« Elle sortit; je me couchai, et ma foi je m'endormis tout de suite comme une bête, sans même songer à finir ma lettre. Remarquez bien, mes enfants, que ce n'est pas héroïque du tout ce que je fis là; c'était la matière, la brute qui commandait, pas autre chose.

« Au matin, je m'éveillai, et pendant un bon moment je crus que j'avais fait quelque épouvantable cauchemar. Mais le souvenir revint, très net, et, je l'avoue sans honte, je ne m'attardai pas aux soins d'une longue toilette. Une fois habillé, je pris mon petit bagage et je descendis. En bas, la vieille Teresa m'ouvrit la porte. Comme j'allais franchir le seuil, une main blanche me retint, et je sentis qu'on me glissait un petit paquet. Je ne l'ouvris que dans la rue : c'était le poignard enveloppé du fichu. Le fichu est parti je ne sais où ; le poignard, le voilà. »

Comme nous restions tous muets, le général ajouta en reprenant du tabac :

« Dans ce temps-là, on en voyait de drôles ! »

# A L'ABORDAGE!

*Au marquis de Brisay.*

Dans une grande chaloupe qui tangue et roule sur les vagues, seize hommes, sanglants, désespérés, vaincus. A l'arrière, un grand gars, mince et souple, large d'épaules comme un portefaix, avec une ceinture de demoiselle; le visage est jeune et beau, éclairé de deux yeux profonds couleur de mer. Autour de lui, ce sont des hommes de tout âge, ayant dans les regards la même brutalité terrible. Accroupi aux pieds du grand gars, sa tête sur le genou, un chien, braque blanc et marron, fixe son maître avec amour.

Et c'est Yann Roëllo et ce qui reste de son équipage. Son brick *l'Agile* a coulé voilà deux jours, en même temps que la frégate anglaise qui l'avait attaqué. Ils étaient percés de tant de coups, les pauvres bateaux, qu'ils ont été en cinq minutes par le fond, le ventre crevé, où l'eau entrait comme dans un panier.

Des Anglais, pas un n'est sauvé. Ceux qu'on a vus sur l'eau, après le fonçage, on les a laissés. Deux ou trois ont appelé, essayant de gagner la chaloupe; quand ils ont vu qu'on ne s'occupait pas d'eux, ils se sont résignés comme de vrais matelots, et, après deux grosses lames, il n'y avait plus rien de vivant sur la mer que ceux du canot.

Yann promène ses regards sur les siens. A toute minute il recompte ses hommes, espérant qu'il va en retrouver un de plus. Mais non, quarante bons garçons sont restés là-bas, tués par l'Anglais ou crochés par le flot...

« Voyons..., ça n'est pas possible... Hugues le Braz, mon second, qui mange, dort et se bat avec sa pipe... Les deux Kervenor, les gabiers finis, Gervais, Guyader, Malézieux,... oh! quelles balafres! Les trois frères Querneur, si blonds, si roses! Des filles... qui deviennent des lions quand on tape! Le Dantec, le borgne, et le vieux Jobra, et Milio qui chante, et Armez qui, à une lieue, mettrait un boulet de vingt dans l'œil d'un amiral... Eh bien! avec Budic et Muzillac, ça ne fait toujours que quinze!... Tonnerre! »

Et puis, que faire maintenant? Rentrer à Saint-Malo comme des chiens fouettés, sans seulement une prise dans le sillage! Non, non, il aimait mieux bourlinguer dans ces parages jusqu'à la rencontre d'un Anglais et puis se faire tuer jusqu'au dernier en tapant dans la peau des *Goddems*, en vrais matelots, en bons corsaires.

« Dis donc, le Braz, il y a à boire?

— Capitaine, j'ai voulu faire embarquer de l'eau et du vin; mais en allant vite je me suis trompé. Je crois que c'est du rhum.

— Eh bien! tant mieux... Hé! vous autres, les endormis, ça ne vous remue pas le creux de l'estomac de savoir que ces deux barils-là, c'est du tafia? »

Les têtes lasses, pesantes, se tournèrent à peine.

Roëllo se leva, blême, le nez pincé, les yeux creux :

« Tonnerre! Est-ce que c'est mes matelots, oui ou non? Regardez-moi ces gueules de bourgeois qu'on promène en rade! Aussi bien, mes fistons, si vous ne faites pas la risette à Roëllo, vrai comme mon père est mort, je vous débarque à la première grève.

— Ce serait pas à faire, grogna Milio.

— Tu parles?... Viens donc me répéter ça devant le nez, failli chien, et je te démonte la mâchoire pour t'apprendre la politesse.

— Oh!... mais..., » commença Milio en se dressant de son banc.

Yann, à ce mouvement, bondit sur lui, leva le poing, qui s'abattit sur le crâne comme un marteau de forge, et dit tranquillement, tandis que Milio se secouait et crachait du sang :

Sans défiance, le canot anglais nageait vers la chaloupe.

« Voilà comment on met une tête de veau à la sauce. »

Les hommes se mirent à rire.

« Allons, continua-t-il, Jean-Marie Kervenor, regarde donc un peu ce que ce petit joufflu a dans le ventre. »

Le matelot prit le baril, fit un trou avec son couteau, goûta au filet jaune qui jaillissait, et dit d'un ton connaisseur :

« C'est du fin!

— Alors, les jolis garçons, je paye une tournée de tafia; en prenne qui veut. Rien de meilleur pour se rincer la bouche. Voyons, Milio, bois un coup avec les autres, ça consolide les dents sensibles. »

Le matelot se mit à rire avec une grimace, à cause de son front qui lui faisait du mal.

On but.

« Fameux! dit Jobra.

— C'est du rhum de capitaine, appuya Budic.

— Il le gardait pour ses amis.

— Ah! le sournois!

— Une riche tisane!

— La santé du corps.

— Cinq bouteilles, et je serai content.

— Moi, dix.

— Moi, cent...

— Une voile, cria Louis Querneur.

— Où çà? demanda Roëllo.

— Par notre travers, à tribord. »

En trois bonds, Yann fut en haut du mât.

« Mes mignons, dit-il, dardant la mer de ses yeux aigus, gardez bien vos rates, on va rire. »

Toutes les faces bossuées, brunies, benjamines, barbues, balafrées, belles ou brutes, se tendirent vers leur Roëllo qui parlait.

« Coque trop longue, mâture dans le ciel : c'est un Anglais.

— Frégate? demanda le Braz.

— Brick.

— Et puis, les canons? questionna Armez, pointeur.

— Dix à la bande.

— Ce qui fait vingt, » additionna le plus jeune des Querneur, qui avait de l'instruction.

A Jobra, au gouvernail, Roëllo commanda :

« La barre au vent, et amène tout ! »

Il se laissa glisser du mât, et derrière lui la voile tomba.

D'un regard il ramassa tout son monde et dit :

« Mes bijoux, un Anglais comme le camarade qui est dans notre vent, ça porte cinquante hommes. Est-ce que c'est de trop pour vos dents ? »

On grogna.

« Bon, bon, ne me mangez pas, puisque je vous ai dit qu'on allait rire. »

Les hommes se rapprochèrent.

« Voilà l'affaire ; c'est simple comme un nœud plat. Nous dérivons en plein sur le brick, nous serons donc juste dans son aire avant deux heures. Il faut tous nous mettre à l'eau. On débordera la voile, et nous nous cacherons dessous. Ils enverront un canot pour recueillir l'épave. Ceux-là qui le monteront, c'est pas la peine d'en parler, ils sont morts. Alors l'Anglais tirera à nous couler. On ira sous lui avant qu'il ait fini son abattée, et puis on tâchera à se hisser sur le bateau. Quand nous en serons là, le reste ira tout seul.

— Sacré Roëllo, dit Milio content, qui n'avait pas de rancune, y a pas, il en remontrerait à un chat. »

Une large joie s'épandit sur les faces.

« Mais si l'Anglais passe sans venir à nous ? discuta le Dantec.

— Bah ! dit le Braz, on mettra les tonneaux bien en évidence. Ils mordront à l'appât comme des pironneaux.

— Fameux !

— C'est vrai, les Anglais, ça aime à boire.

— Plus que nous !

— Pas vrai.

— Si on peut dire! J'ai connu un Anglais, commença Guyader, que j'ai vu à la Barbade, sans mentir...

— Pas tant de bruit! interrompit Roëllo. Voilà le moment: mettez-vous en costume de bain, mes requins, et laissez faire le bon Dieu, qui est pour la France. »

Chacun se dépouilla de ses vêtements, ne conservant que sa culotte, et se glissa sous la voile, qu'on avait laissé tomber à moitié dans l'eau comme par maladresse ou par accident. Huit se soutenaient au bordage, les autres huit nageaient. Chaque quart d'heure on changeait: cela avait été ainsi réglé.

« Mais Diane? demanda le Braz.

— Elle restera à bord, dit Yann. Sur les bateaux perdus, souvent reste un chien.

— Sainte Anne! fit Muzillac avec admiration, le lieutenant n'a pas lâché sa pipe. »

L'Anglais grandissait à vue d'œil. On distinguait maintenant toute sa voilure blanche. Il marchait avec ses basses voiles, sans les cacatois.

Roëllo donnait à ses hommes les derniers conseils.

« Vous voyez bien le sac de sable que j'ai éventré en plein milieu de la chaloupe, c'est pour y tremper vos mains avant de grimper sur l'Anglais; sans quoi vos doigts glisseraient le long des filins. »

Personne ne dit mot, mais tous eurent un regard reconnaissant pour le chef qui n'oubliait rien.

Le brick ennemi avait aperçu la chaloupe, que des longues-vues fouillèrent.

« Oui, regarde, murmurait le Braz, qui risquait un œil par un coin de toile déchiré, regarde bien, mon vieux, et si tu vois quelque chose, je te paye des sucres de pomme. »

Roëllo, sa hache au poing, était déjà sur le plat-bord.

Le navire mit en panne, et l'on vit descendre à la mer un canot, où quatre hommes et un maître s'affalèrent par l'échelle.

« Qu'est-ce qu'on va faire? demanda Budic, qui était curieux.

— On va se taire, dit rudement Roëllo, et exécuter mes commandements quand il sera temps. »

Sans défiance, le canot anglais nageait vers la chaloupe.

On pouvait bien les voir maintenant, les *Goddems;* c'étaient des garçons rouges et roux qui ramaient avec des mouvements lents et puissants.

Le canot rangea l'embarcation, où trois hommes sautèrent.

« A vous, les Querneur! commanda Yann de sa voix de combat. Le Braz avec moi, au canot! »

Les trois Querneur bondirent sur les Anglais, qui furent tués avant de penser au danger. Le Braz et Roëllo, franchissant la chaloupe, en deux élans tombèrent dans le canot, où restaient le maître et un homme. Un coup de poignard, un coup de hache. Ce fut tout.

On jeta vivement les cadavres à la mer.

« Maintenant, enfants, cria Roëllo, tous dans la chaloupe! Bordez les avirons et souquez de tout ce que vous avez de bras, droit à l'Anglais! Il a amené sa toile, il ne peut pas remuer plus qu'une bouée, il est à nous! »

En moins d'une minute la chaloupe vola sur la mer, emportée par quatorze rames furieuses.

A bord du brick, l'ennemi avait assisté, frémissant, au terrible drame. Empêché par sa voilure en bas, le navire, comme l'avait dit le corsaire, était paralysé. Le commandant anglais écumait de rage. Il donna l'ordre de pointer toute sa bordée sur le damné bateau.

Mais Yann avait l'œil à tout.

Il vit dans les sabords briller les mèches. On n'était plus qu'à quelques brasses du navire.

« Tout le monde à la mer, commanda-t-il, et à l'avant du brick! »

Ce fut dans la mer un éclaboussement rapide et furtif.

Presque en même temps, un vent de bronze creva la chaloupe avec un bruit formidable; mais déjà les Bretons étaient sous le navire.

Quelques-uns déjà avaient la main aux manœuvres qui pendaient du bord.

« Moi le premier! » hurla Roëllo.

Et il empoignait un filin, quand d'une vague sortit une tête fine.

« Ah! ma Diane, viens sur moi! »

La chienne grimpa le long de l'échine de l'homme, colleta son cou de ses pattes nerveuses et lança un aboi joyeux.

« A Dieu vat! Quand vous voudrez, les enfants! A l'abordage! »

Roëllo était déjà sur le plat-bord.

Sa hache soudée au poing, rugissant et terrible, fou de carnage et de haine, il fauchait dans l'Anglais.

Ses matelots n'étaient pas en retard. Le temps de dire « amen », l'avant fut nettoyé.

Une seconde, on respira.

Diane, à côté du capitaine, raidie sur ses pattes et le poil hérissé, montrait les crocs blancs de sa gueule rouge.

Devant le petit groupe des Français, haletants et vainqueurs, les Anglais attendaient l'attaque, le mousquet à l'épaule.

Yann eut un geste désespéré : tout son monde allait être fauché par la fusillade avant d'avoir le corps à corps.

Sa main retomba sur quelque chose de froid.

La canon, c'était le canon de chasse!

Installé sur pivot, on pouvait le tourner vers l'arrière.

Un mot, deux mouvements, et le bronze anglais tournait sa gueule vers ses maîtres.

« Une mèche, un charbon, du feu! hurlait Yann, qui sentait la victoire glisser.

— J'ai ma pipe, dit tranquillement le Braz.

Les Anglais riaient, voyant l'impuissance des corsaires, prolongeant l'agonie.

Mais, rapide comme la pensée, Yann avait braqué le canon et mettait le culot brûlant sur la lumière.

Le brick trembla sous l'éclat.

Et dans le bruit, dans la fumée, Roëllo, ivre de joie, se rua, hurlant :

« Taillez ferme, sang du diable ! Nous les avons, mort aux Anglais ! »

Ils restaient trente debout, et la lutte d'homme à homme commença, silencieuse et mortelle.

Parfois un cri, mais court, un râle.

Un moment, Yann se trouva en présence de trois Anglais. Il abattit le premier de sa hache, mais il reçut un coup de pique, et il chancela; puis il vit le commandant qui l'ajustait avec son pistolet.

Il se sentit bien perdu.

Soudain un corps souple qui glisse le long de lui et saute à la gorge de l'un de ses adversaires; en même temps une détonation retentit; tout cela très vite. Étonné de n'être pas mort, il reprend courage et frappe en furieux : le commandant tombe, le crâne ouvert, et il entend la voix de le Braz qui dit :

« Le navire est à nous. »

Yann passe son bras sur son front, où il y a de la sueur et du sang, et il regarde.

L'avant, l'arrière, le tillac, tout est rouge. Dans un coin, une dizaine d'Anglais désarmés tournent la tête, regardant la mer.

Debout, neuf hommes à lui, neuf de ses matelots qui crient en délire :

« Vive la France ! vive Roëllo ! »

Une joie puissante gonfle sa poitrine.

« C'est bien travaillé, mes amours; part de prise égale pour chacun, et le cap sur Saint-Malo ! »

Les corsaires crièrent hourra.

Puis, après un regard à l'artimon :

« Qu'est-ce que cette loque à la corne? »

Et sa main désignait le drapeau pourpre d'Angleterre.

Kervenor se hissa comme un singe et arracha l'étoffe.

« C'est que nous n'avons pas de pavillon, capitaine, objecta le Braz, qui semblait un corps sans âme depuis que sa pipe était éteinte.

— Faites-en un. »

Le vieux Jobra, qui avait été tailleur, fit un signe pour dire qu'il avait compris. Dans sa poche, il trouva son étui d'aiguilles, coupa un pan de sa ceinture bleue, un morceau d'habit rouge, et les réunit à une pièce de chemise, ce qui fit un pavillon fort convenable, qui flotta bientôt joyeux dans le vent.

Yann Roëllo arpentait le pont, froissant du pied les morts, insensible à tout ce massacre, pensant à peine à ses blessures.

Soudain un arrêt brusque.

« Diane! ici, Diane! »

La pauvre bête se souleva, fit trois pas maladroits et retomba, montrant son flanc sanglant.

« Blessée, Diane, blessée!... Eh! mais... je me souviens! »

A genoux, avec des délicatesses infinies, il caressait la bête, examinant la plaie.

« Une balle, la balle de l'Anglais! »

Diane, soufflant, les yeux vitreux, mais toujours tendres, léchait la rude main.

« Tonnerre! mais elle va mourir! Querneur, le Braz, Budic!... »

Il appelait tous ceux qui se trouvaient près de lui.

La chienne eut comme un grand soupir, se raidit et demeura inerte.

« Diane est morte ! Diane est morte ! »

Il s'était relevé et criait comme un fou.

Puis il considéra le mince cadavre du chien parmi tous ces cadavres d'hommes, son menton hocha, ses yeux s'embrumèrent... Yann Roëllo pleura.



FIN

# TABLE





26550. — Tours, impr. Mame.

www.ingramcontent.com/pod-product-compliance
Ingram Content Group UK Ltd.
Pitfield, Milton Keynes, MK11 3LW, UK
UKHW031845260826
14628UKWH00002B/593

9 782012 865198